美女の七光り

林 真理子

マガジンハウス

美女の七光り

目次

結婚の成功は出会いで決まる

聞き上手がモテるワケ

愛と美の師匠

美女の七光り

イラスト・著者

結婚の成功は出会いで決まる

守ってやりたい

この本が出る頃には、かなり古いニュースになると思うのだが、水嶋ヒロ君と絢香ちゃんとの結婚報告記者会見、すっごくよかったですね。

私のまわりの若い女のコたちも、感涙にむせんでいた。

「私もあんな風に、男の人から『守るものがあるのは、こんなに強くなれる』なんて言ってもらいたい」

「水嶋ヒロって、なんて男っぽいの。私、もう絢香が羨ましくって、羨ましくって」

水嶋ヒロ君って、あれで若手イケメングループから、ぐぐーっと抜け出したっていう感じである。

「それにさ、相手が絢香っていうのがよかったよねー」

「そう、そう、相手がモデルとか、超美形タレントとかだったら、かなりシラけてたと思うけど、絢香ならＯＫ。○○なんて、あんなに人気があったけど、△△とつき合ってるって聞いて、がっかりしたもんねー」

絢香ちゃんはもちろん可愛いのであるが、女のコからは、ミュージシャン、アーティストと見なされていて、それも好感度アップなのだ。しかも気の毒なことに、ちょっとやっかいな病気にかかっているという。そうしたハンディを抱えても、結婚したいというヒロ君の気持ちがステキ！　だからこそ、

「守ってやりたい」

という言葉が生きてくるわけだ。

私は思う。これからは「病弱」という言葉が、純愛を生むための大切なキーワードかもしれない。言うまでもなく最近は、女のコがものすごく強くなり、男のコはおとなしくなった。「守ってやりたい」「守られたい」という関係性は、もはや昔の歌の中だけと思いきや、「病弱」という隠し玉があったのね……。それも、いかにも、という女のコではなく、仕事をバリバリしている女のコが、ふっと見せる〝病弱〟。意外な弱点。

「私、貧血がひどいの」

「疲れると、よく倒れちゃう」

ぐらいだったら、使えるかもしれない、などと思っていたら、意外なニュースがとび込んできた。「ハリセンボン」のはるかちゃんが「肺結核」だと。これについては、お気の毒というしかない。

しかし、みんな少し騒ぎ過ぎるんじゃないの。映画「細菌列島」じゃあるまいし、コントを観に行ったぐらいで、客席でうつるなんてことはないでしょ。空気の中には、いろんな菌がうようよしている。ふつうの健康な体だったら、よほどのことがない限り、そういう菌を寄せつけないと、知り合いの医師も言ってた。

はるかちゃんって、最近彼が出来たといって嬉しそうだったのに、本当にかわいそう。はるかちゃん、もともとちょっと痩せ過ぎだものね。これからはおいしいものをたっぷり食べ、ゆっくり養生してね。

そお、私が言うとまるっきり説得力がないと思うが、この頃の若い人は少し痩せ過ぎだ。「病弱」はともかく、あれでは本当の「病気」になってしまうと思うことがしょっちゅうある。

よく雑誌で、痩せるサプリメントの広告に、「使用前」「使用後」が出てくるけど、

「使用後」の体は、ガリガリしていて、拒食症の一歩手前だ。だいたい、成人女子の百五十センチ台の身長の人の体重が、三十八キロとかいうのは異常でしょう。

それにこれは重要なことであるが、「使用後」の写真、かなり腕やウエストを修整してる。今はパソコンで、いくらでも削ることが出来るのだ。あんな人工的につくった写真のウエストに憧れることはない！

さて、全然話は変わるが、うちの夫婦はあまり仲がよくない。その昔は、うちの夫だって水嶋ヒロ君のように、

「君を守ってあげたい」

とか言ってプロポーズしてくれたが、今は、

「本当に口が達者な、強い女だぜ！」

と憎らし気に見る。ふだんもよく喧嘩してるが、四月が特にひどい。口もきかない日が続く。が、四月になると学校に提出する家族写真を撮らなきゃならない。いっそ夫の分は合成にしようかと悩むが、とにかく怒りをぐっと抑え、仲直りして写真館へ。が、いつもの写真館はお休みであった。

「なんでこういうこと、もっと早くしない」

とガミガミ。あんたがいけないんでしょ、という言葉を呑み込む。そして夫がパソ

コンで見つけたのが、原宿フォトスタジオ。竹下通りのどまん中と聞き、ちょっと嫌な予感がしたが、ひとまず予約して出かけた。そこは今どきの、ヘアメイク付きのところですね。原宿ギャルご用達という感じである。そして出来上がった写真をパソコンの画面で選ぶ。私は衝撃を受けた。そこに映っていたのは、デブのおばさん体型の私。うちひしがれた。本気でダイエットしようと思った。

そして次の日、現像プリントを受け取りに行った私は、再び衝撃のために声を失う。私の顔とボディは、三分の二に削られていたのである！　全くの別人。こんなのありィ!?　パソコンの画面に向かって、「ひどい」とか文句言ったのをきっと聞いてたのか……。

しかし夫は、

「えー、これ、いつもの君だよ。こんなもんだよ」

と本気で言ってくれ、いいヒトだと思った。

バスローブは女のドラマ

昨日のこと、田中有久子《ゆくこ》先生のところで造顔マッサージをしていただいた。この時のビフォーアフターというのは、我ながら信じられないほど。最近、雨後のタケノコのように、いろんな○○マッサージが出てきたけれど、やはり本物はまるっきり違う。その後、人に会うとほとんどの人が、

「どうしたの？　顔が違う。まるっきり違う」

と騒ぐのである。

ところで田中先生のお顔が、いつにも増してピカピカしている。

太った女がバスローブ着たら、
横から男に見られてはならない!!
ひどいじゃん

「うちの入浴用ハーブを顔につけたの」

ということで、さっそくお土産にいただいた。わが家は二十四時間バスなので、入浴剤は入れられない。よって洗面器につけて実験することにする。

最近お風呂に入らない汚ない女が増えたそうであるが、たいていの女はお風呂が大好き。毎晩、週刊誌や軽い雑誌を持ち込んで、長ーくつかっているのが私の至福の時である。おぼろタオルで体をこすり、最後は引き締めのために冷たい水のシャワーを浴びる。このあとタオルで拭いて、すぐにパジャマに着替えるのであるが、これがボロいの何のって。大好きなキッドブルーのものを、もう七、八年着ているのだ。洗たくし過ぎてよれよれになっているのが、やわらかくていい感じ。他にもパジャマやナイティをどっさり持っているけれども、今やこれひと筋という感じだ。

が、ここで重要なことをひとつ。

「ハヤシさん、お風呂上がりは、絶対にバスローブを着なくっちゃダメよ。あれを着ると、その後の行動と意識がまるで違ってくるから」

とおっしゃったのは、やはり田中宥久子先生であった。

「すぐパジャマを着ると、体のお手入れがおざなりになるけれど、バスローブを着ると、ボディクリームつけたりするのが億劫《おっくう》じゃなくなるのよ」

実は私、新品のバスローブを二枚持っている。お誕生日プレゼントにもらった素敵なやつ。しかしもったいなくて一度も着ていない。いつか優雅な暮らしをするようになったら、いつか誰かとフリン旅行をするようになったらと、いろいろシチュエーションを思いうかべているうち、手つかずになってしまったのだ。

フリンといえば、私はかつて小説の中で、

「バスローブは、不倫する人妻の制服だ。これを着てベッドまで短い行進をする」

と書いたことがある。男の人とシティホテルへ行った場合、若いコならピチピチお肌にバスタオルを巻きつけるだけでいい。あっけらかんとした態度も魅力だ。が、人妻となるとそういうわけにはいかないはず。下着だけだと味気ないし、バスタオルだけの自信もない。そうなるとバスローブでおずおず、ということになってしまう。が、キレイな人が、濡れた髪のままバスローブでいるというのは実に色っぽいものだ。そのバスローブは、一流ホテルの厚手の上質なものに限るが、女の人のカラダがやさしく大切にくるまれているという感じであろうか。

そんなわけで、私もこの季節、バスローブをおろすことにした。お風呂上がりにさっそく着て鏡に映す。ふーむ、私の場合、「女性格闘家」のリラックスタイムという雰囲気がしないでもない。

しかし確かに、「さ、カラダのお手入れ開始」という気持ちになってくるではないか。あらかじめお風呂場でヤスリをかけたカカトには、ドゥ・ラ・メール。そして脚にはボディクリームをたっぷり塗り込む。そして前を開け、お腹とふとももを、唐ガラシを使った引き締めクリームでマッサージ。熱い感じがやみつきになりそうだ。パジャマは必需品だが、バスローブは贅沢品。が、その差がカラダの差をつくる。そお、いい女がバスローブを使用する……。

私の友人は、夫の浮気現場に踏み込んだことがあるそうだ。シティホテルの一室であった。二人がハダカでいたらどうしようかと、そのことばかり考えていたが、幸い夫は服を着ていて、女のコはシャワーを浴びたらしくバスローブを着ていた。その姿がとても愛らしく、

「あー、このコには勝てないと思ったワ」

と腹が立ったけど、何かを悟ったという。

私の若い友人は、このあいだの誕生日、初めて彼とそういう仲になったと告白する。彼がお誕生日プレゼントに、

「君のいちばん好きなホテルを言ってごらん」

と聞いてくれたので、前から行きたかった外資系高級ホテルにしたそうだ。そこの

バスローブはものすごく厚くて大きく、小柄な彼女には長過ぎた。そうしたら、彼が一生懸命ベルトを結んでくれたんだと。すぐに解くベルトなのに、ちょうちょ結びにしてくれて、すごく嬉しかったという。

そう、バスローブの数だけ女のドラマがある。それも高級なドラマだ。

たまにホテルやジムのプールへ行くと、バスローブ姿の女が寝ころがったりしている。部屋かエステから直行しているのであろう。あの、もの慣れた感じを見ていると「やられた」と思う。お金にも男の人にも恵まれてきたんだろうなァと、なぜかそんな気がして仕方ない私です。

１ＬＤＫの女

この連載の元担当、ホッシーことホシノ青年が、今度家を建てるんだと。

「その若さで生意気じゃん」

と言ったところ、

「親のうちの敷地内に建てますから、土地代がかかんないんです」

そうは見えなかったが、ホッシーはものすごいお坊ちゃまだったのである。もっと生意気。

「だけど僕のまわりでも、この頃はうちを買うの、大ブームですよ。マンションですけど」

「そうだよねー、こんだけ中古が安くなれば、みんな買うよねー」

「だけど面白いんですよ。二十代、三十代の女のコは、マンションを頑張って買うんですけど、四十代は躊躇《ちゅうちょ》するんです。あの人たちって、もしかすると突然誰かが現れて、結婚出来るかもしれない。その時、自分が持ってたマンションが足カセになるかもしれないって思っちゃうみたいですねー」

「その気持ち、わかるわー」

同じようなことが二十年以上前に起こった。私のまわりの、編集者やスタイリストといった女たちが、みんなマンションを買い始めたのだ。しかし私はなかなかそういう気分になれなかった。

「もしすぐに結婚ということになれば、私のマンションはどうなるの？　私のダンナになるっていうだけで、人が苦労したマンションにすんなり入られるのはたまらない」

とセコいことを考え、触手が伸びなかった。おかげで、バブルに遭遇することになり、あれよあれよという間に、マンションの値段がウナギ上りになっていった。その結果、かなり古いマンションを買うために、多額のローンを背負わなければならなくなった私……。おかげで結婚も遅くなったんだワ（ウソ）。

「だけどね、私も自分の人生ふり返ってみて、いちばん楽しかったのは、二十代の終わり、賃貸の1LDKマンションに住んでた頃かしらねー。この頃、男の人ともいちばんいろいろあった頃だと思うわ」

そう、狭いアパートやワンルームのマンションじゃなくって、その上の1LDKに住む頃って、女も恋愛も盛りを迎えるのである。

「そうですよねー。1LDKに住んでる女の人ってなぜか、欲情しますよね。いちばん泊まりやすいし」

とホッシーも証言する。

私は今でも羨ましくて仕方ない光景がある。それは金曜の夜、サラリーマンとOLのカップルが、スーパーの袋をぶらさげて歩いている姿だ。いいなあ、これからどちらかのうちに〝お泊まり〟するんだろうな。二人でごはんつくって、ワイン飲んで、DVDを見て、その後ゆっくりいちゃいちゃするんだろうなあ。その際、壁の薄いワンルームなんかだと気がねもするはず。やはり女のコの方で、1LDKに住むぐらいの甲斐性持って、ばっちり主導権を握る。これが肝心だ。男の人の方に〝お泊まり〟するると、ついだらだら居てしまうし、見てはいけないものも見てしまう。よくある話であるが、女というのは必ずわかるように〝遺留品〟を残しておくものだ。いや、何もなければいいのであるが、ま、男の部屋というのは、しなきゃいけないことがいろいろあるものだ。キッチンもきれいにしてあげようとか、シーツも洗っておこうとか、いろんなことをしてあげてしまう。その結果、つい所帯じみてしまうのである。

その点、自分の部屋なら準備万端、いろんなことが出来る。その昔、男の人をつかまえるために、本棚の中身をそっくり取り替えた女のコがいた。彼が好きなフランスの幻想小説のなんたらかんたらとかを揃えておいたのである。ま、ここまではしなくても、夕ごはんつくって、お花飾って、ああ楽しかったわ、あの1LDK時代。だらしない私は、カレがくるとなるとひと苦労で、掃除に精出したものであるが、あれはあれでよかったかも。そう、東麻布のあのマンション、当時は最先端のカッコよさ。よくインテリア雑誌を飾ったものである。フローリングの1LDKで、ベッドルームには一面に収納がついていた。住んでいたのも、デザイナーとかモデルさんであったと記憶している。そう知名度がない女優さんもいて、ある日写真週刊誌を見た私はびっくり。なんとうちのマンションが写っているではないか。大物タレントさんが、彼女の部屋から出てくるところを狙われていたのだ。

「ちょっとオ、これ見てくださいー」

と、それを持って大家さんのところに見せに走った私は、相当ミーハーである。それにしても、私もそこに住んでいた後半、急に有名になったのであるが、どうして狙われなかったのであろうか……。

ところで自力でマンションを買った女って、必ずベッドはセミダブルですね。そして枕を二つ並べてる。あれって相当イヤらしい。

外国映画の影響なのだろうか、それとも居直っているのであろうか。自分の城、という意識がシングルではなく、セミダブルを選ばせているような気がして仕方ない。そんだけの女に男がいてあたり前じゃん、というメッセージを感じる。買う女は強い！

全部ヒトのせい

連休前、急にどこかへ行こうと思いたった。友人たちは香港や韓国へ出かけているが、今から飛行機のチケットが取れるわけがない。こういう時は、近くに行くに限る。日光なんかどうかしらん。たぶん浅草からばんばん電車が発車してるはずだから、席だってあるはず。

というわけで、本屋で「るるぶ」を買ってきた。そしてその中でいちばんよさそうな宿に電話をしたら、ちゃんと予約出来たではないか。しかし連休料金で、かなりの値段になってる。

そしてハタケヤマに頼んでチケットを取ってきてもらったところ、新宿発のを買ってきた。日光へ行くのに新宿から直行が出ているなんて初めて知った私。

そんなわけで、日光の某温泉地で休暇をすごしてきた私。夫と一緒だからそんなに楽しくない。小言をぐちゃぐちゃ言われ、頭にくることも何度か。

やっぱり温泉なんて、恋人と二人で来るもんでしょ。昔はカップルで温泉、なんていうとオヤジがするものであったが、この頃は若い二人連れが高級旅館に泊まっている。エステ付きのバリ風の温泉ホテルなんかに多いですね。

ああいうのって本当に楽しそう。温泉って移動や観光が少なく、まったり過ごす分、二人の心がずっと寄りそう感じではないか。ずうっと部屋でいちゃいちゃしていられるし。日光のホテルで、あきらかに夫婦とは思えないカップル見ていたら、羨ましくって涙が出てきそう。いいなァ。男の人と旅行なんて、もう二度と出来ないことなのね。なぜなら私がヒトヅマということ以外に、もっと大きな理由がある。

座敷に寝ころがりながら、私は仲よしの脚本家、中園ミホさんにメールを打った。

「今、温泉に来てます。ナカゾノさんは、今年、私は絶対に恋に落ちる、それも危険な恋に落ちると言ってくれたけど、私は温泉の大浴場の鏡で、いやおうなしに自分のカラダを見ました。そして、もうそんなことは二度と私の人生に起こらないと確信を持ちました……」

言い忘れたが、中園ミホさんは超売れっ子脚本家であると共に、占い師でもある。昔はそれで食べていたというプロだ。それに恋愛のオーソリティでもある。『恋愛大好きですが、何か？』なんていうすごい本も出してる人だ。

その中園さんからレス。

「だって本当に、そういう占いが出てますよ。鏡で見たから何だっていうの。電気を消せば済む話じゃないですか。ご家族で行ってる時に、こんなこと言って申しわけないけど」

本当にこの人は、私の心の支えだ。

しかしそれにしても、温泉というのはお肌にはいいかもしれないが、体重に関しては最悪の状況になる。旅館の朝食はおいしい。温泉玉子でご飯を軽く一杯食べても、まだ干したアジや煮物ｅｔｃが残っていて、ついもう一杯なんてことになる。夜は夜でご馳走が並び、つい生ビールにそうおいしくもないワインを一本空けてしまう。喰っちゃ寝、喰っちゃ寝してるので、お腹のへんがだぶついてくるのがわかる。

全くこのお腹、写メールで中園ミホに送ったろか。

「これでも危険な恋が可能ちゅーのか」

いけない。そんなのは八つあたりというものだ。いけないのはすべて私である。

しぶしぶと近くのナントカワールドへ行き、帰りタクシーに乗った。するとかなり年配の運転手さんが言う。

「お客さん、こんな日にホテルに直行することねーよ。今から高原に行ってみ。信じられねえぐらいツツジや山桜が綺麗だよ。オレが格安で行ってやるよ」

あまりにも熱心に言ってくれるので誘いにのることにした。が、この運転手さん、お年のせいか少々耳が遠い。

「運転手さん、おいくつですか」

「七十四だよー」

などという会話があり、車は山へと登っていく。途中、大きなダムがあった。

「ここでトイレ休憩しな。そこに公衆トイレがあっから」

ということで停まり、しばらくダム見物へ。吸い込まれそうな、深い深いダムの谷底。見ているうちに怖くなってしまいそう。

そして運転手さんに写真を撮ってもらい、タクシーに乗り込もうとした時だ。

「あれ、もう一人いたんじゃねえの」

と運転手さん。

「何言ってんですかッ。さっきから後ろの座席には、私たち夫婦と女のコしか乗ってませんよ」

「あれ、そうかい。もう一人若い男の人が乗ってたと思ったけどねぇ」

背筋がぞーっと寒くなった。しかも場所が場所である。が、この運転手さんがジョークを言ってるとも思えないし。そんなわけで、後のドライブも、なんだか暗～い雰囲気であった。

そして車は高原の牧場へ。

「ここのソフトクリームは日本一だよ。絶対に食べなきゃダメ」

と運転手さんに言われるままに、何年ぶりかにソフトクリームまで食べちゃったし。私はこの車に乗ったことを密かに後悔し始めた。あれ、私ってヒトのせいにばっかし過ぎでしょうか？

芸能人と恋のパワー

昔から私はイケメン好きとして知られていたが、もうこのトシになってくると、人から石をぶっつけられそう。もう、寄ってきてくださったら、誰でも嬉しい。

その点、男の作家はものすごくモテる。それは今も昔も変わらない。別にハンサムでなくてもだ。

このあいだ、ある男性作家（渡辺淳一先生ではない）と食事をしたら、

「実はあの女優とつき合って」

という自慢話が延々と続いたのである。男の作家は、自分の本が原作となり、映画化、テレビ化された場合、すごい確率で主演女優さんとデキますね。別に商売上、ど

うの、こうのということではなく、頼もしくすごく知的に見えるらしい。女優さんと結婚した作家は何人もいるが、既婚者との不倫話はその何倍もあると思っていいだろう。

が、その反対のことはまずないと、私は何度も言ってきた。女性作家と俳優カップル。昔は私がその第一号になろうと野心に燃えたこともあるが、ま、そのようなことはかすりもしなかったですね。

ところが、最近になってチャンスが！

ある編集長と私の友人でランチをしていたところ、編集長が言った。

「これから○○さんの撮影があるから、もう出なくっちゃ」

キャーッと我らは叫んだ。○○さんはセクシー、渋いと、若い女性にも大人気の四十代男性。友人は彼の大ファンなんだと。

「ね、ね、一緒にご飯食べたい、お願い」

と頼み込み、ご飯を食べたのはもう昨年のこと。遠いこととなった。その時、彼のメルアドもケイタイも聞いたのであるが、とてもこちらからはかけられない。もちろんあちらからもかかってこない。

そして一年近くたった今日この頃、一緒に食事をした友人A子ちゃんから、メールが届いた。

「また〇〇さんとご飯食べたいの。セッティングして」

というわけで編集長にお願いし、〇〇さんとのお食事の日どりを決めた。ちなみに彼はバツイチである。そして映画を撮り終えた後に時間をつくってもらい、七時に西麻布のワインレストランと決まったのに、A子ちゃんがキャンセルになった。A子ちゃんは、若い絶世の美女である。私は当然、彼はA子ちゃんがめあてと思い、編集長に連絡した（全く私の人生、こんな連絡ばっかりしてるような気がする）。

「彼女が来られないので、日にち変えませんか」

するとすぐに返事が。

「〇〇さんは、ハヤシさんが来てくれればいいそうです。約束どおりしましょう」

この時の私の喜び！　そう、中園ミホちゃんの占いにあった、

「今年、ハヤシさんは危険な恋をします」

というのはこのことだと確信を持ったぐらいだ。

さて、このあいだ友だちがプラチナチケットをとってくれ、森光子さんの「放浪記」を観に行った。あの記念すべき二千回記念の日だ。

カーテンコールの時は、いつものように東山クン、マッチ、タッキーが舞台に上り、

森さんとバースデーケーキのろうそくを吹き消した。

そして客席には、二千回記念とあり、有名人がいっぱい。王貞治さん、中村勘三郎さん、黒柳徹子さんたちが次々とお祝いのスピーチを言う。その他にも、ジャニーズの面々が十人はいたのではないか。松岡クン、イノッチetc、みんな立ち上がって挨拶する。その時だ。ステージの大スクリーンに大映しされた森さんの顔が、みるみるうちに変わってきたではないか。目はイキイキとし、少女のように顔が上気しているのがはっきりとわかる。本当に嬉しそうなのだ。

「ジャニーズ力って本当にすごい……」

私と友人は啞然とした。あのような大女優でも、八十九歳でも、イケメンを見ると活力を取り戻す。私なんかまだまだ若い。イケメンとの危険な愛に向かって突進するぞー！　お食事会はあさってじゃーと私は心あらたに思うのであった。

ところで温泉の大鏡で自分のハダカを直視して以来、深い自己反省におそわれた私。あれから食べるものに、そりゃあ気を遣い、加圧ダイエットにも精出すようになった。そのせいか、ちょっぴり体重も減り、二の腕も痩せたと皆に言われるようになった。

問題は夜の会食である。どうでもいいような男の人とご飯を食べる時は「ウーロン茶！」と叫ぶ私であるが、それなりの気持ちを持つ時は、うんとお酒を飲み、あちらも酔いつぶす……、もとい飲んでいただく。その俳優さんの時も、もちろんそうする。そして路チューを写真週刊誌に撮られと、私の妄想はふくらむのである。こんな夢を持たせてくれるのも、やっぱり相手が芸能人だからだよね。

婚活のハシリ

私は時代を先取りしていた女なのだなぁとつくづく思う。

今、みんながかなり頑張ってやっている〝婚活〟って、あれは昔、私が一生懸命やってたことじゃん。あの頃は「キャリアウーマン」という言葉がまだ大きな力を持っていた頃で、結婚したがるのはアホな女、ということになっていた。そのため、私はどれだけ知識人といわれる人たちからいじめられたであろうか。しかし私はけなげに、結婚に向けてあれこれ知恵を絞ったのである。

そして私は思った。

「結婚の成功は、出会いの多さによる」

あたり前過ぎるぐらいあたり前のことであるが、この出会いをいかに多くするかというのはとてもむずかしい。が、まわりを見てみるとチャンスはある。当時私のまわりには、男はいなくても、女はごろごろいたのだ。それもエリートといわれる女だ。

東大を出て某官庁に勤めていた女友だちには、どれだけお世話になっただろうか。よく飲み会をセッティングしてもらった。その中におとなしげで感じのいい男性がいて、私はアタックを開始した。いろいろ約束を取りつける、いつものやり方ですね。

「わっ、ディズニーランドで新しいパレード。私も行ってみたい！」

「荒木町のお鮨屋、今度行きましょ」

しかし途中で、相手があきらかに迷惑そうな様子を見せはじめた。気配を感じた私はすぐに退却。ま、私の場合、

「しつこくされた」

などと噂を立てられると困るのだ。

「あの男ってさ、ものすごい小心者だから、あなたみたいな人と、どう接していいのか本当にとまどっていたみたい」

と女友だちは言ったものだ。そして二人でランチをとり、霞が関の界隈を歩いていた。そこに向こうから、眼鏡をかけたどうということもない男が歩いてきた。

「あれ、うちの○○よ。バツイチなの」

と言ってる間に、彼は私たちの前に来た。彼女はすれ違いざま、短く紹介する。

「○○さん、ほら、作家のハヤシマリコさんよ」

「よろしく」

「今度、三人でごはんでも食べようね」

と、女友だちがお愛想を言い、そこを去ろうとした時、

「ちょっと待った」

と彼は言った。

「日にちを今、出そうよ」

これは手ごたえあり、というやつですね。すぐに私たちはデイトを重ねることとなった。この人とは恋人となることもなく、お互い別の人と結婚したが、当時は候補者のリストに入るぐらいにはなったのである。

やさしいおばさんには、

「誰か紹介してくださいね。お願いします」

と声をかけてまわり、

「うちの義理の弟が独身で困ってるの」

という知り合いには、すぐさま写真をお送りした。思うとかなりみっともないこともしたかもしれないが、今じゃこれは「婚活」と名づけられ、年頃の女のコがするべき義務とされている。人間、努力しなければ何も手に入らない、というのが私の人生のモットーである。何も持ってない人間に限って、

「私はあんなことまでしたくないもん」

とプライドのせいにする。二十代の女のプライドなんてどれほどのもんじゃ、と私は言いたいのである。

さて私は先週、京都へ行った。京都は思い出の街。そう、あれも遠距離恋愛のハシリであった。毎週のように京都に通ったり、東京に来てもらったりして、私は何ごとも早かったわ。その相手とは別の人とも、京都で何度も落ち合った。私にとって京都は思い出の街、恋の街、そして今はおいしいものや面白い人たちに会えるエキサイティングな街である。

葵祭を見に行き、麻生圭子さんと二日間遊ぶ。彼女は若い頃は、真赤なポルシェに乗る、売れっ子作詞家であった。が、今は建築家のご主人と京都に住み、京都のことをいろいろ発信してくれるエッセイスト。彼女もまた先取りの人かもしれない。消費一方の東京暮らしを捨て、じっくりゆっくり暮らす京都の暮らしに新しい価値を見出

したのだ。

京都において麻生さんたら、超有名人にして超人気者。どこにもコネがあり、いろんな人と知り合いだ。おかげで、なかなか取れないハイアットリージェンシー京都の檜《ひのき》のお風呂のある部屋に泊まれた。それから麻生さんの知り合いの法衣店の社長さんが、特別に私に十二単《ひとえ》を着せてくれることになった。もちろん初めて。すごく重いが、ずるっといっぺんに脱げることを発見した。これで源氏物語の登場人物が、すぐデキちゃうからくりがわかった。

すっかりその気になり、

「あれー、光君さま、およしになってー」

と、ひとりもだえる私。

京都は来るたびめちゃくちゃ楽しい。京都は年柄年中ブームであるが、なんかもっとすごいことが起こりそうな気がする。なぜってこの私がハマってるもん。

繁盛する女

この原稿を書いている最中、挙式直前の川島なお美さんとこから連絡があった。

「こんどアラフォーが本当に幸せになるための本を書いたんですけど、ぜひ帯の文章を書いてください」

ということでゲラを読み始めた。そうしたら面白いの何のって。いちいち目からウロコなのである。「恋多き女」とか「魔性の女」といわれるなお美さんが、その手の内をすべて明かしてくれたという感じ。話がひとつひとつ具体的でものすごく勉強になる。その中で私が最も感動したのは、

と、テツオは言った

「本物の恋と出会うために、いつも心と体をアイドリング状態にしなくてはならない」

つまり恋人未満でも、深いおつき合いをする男性はちゃんと確保しときましょうということなのだ。そりゃそうです。恋人が出来てから、急にカラダのお手入れをしたって間に合わない。日常的にそういうことをする男の人がいるから、踵《かかと》をいつもこすってピカピカにするし、脱毛もきちんとしてボディクリームを塗り込む。そしてなお美さん言うところの「アムール」をしょっちゅうしていないと、肌もガサガサになるし、何たって色気も出ないっていうもの。

私も昔は似たことを考えて、いつもずるずるとつき合う男の人がいた。そして本物の恋人と会えたと思う時は、しばらく切るのであるが、だけどそういう本命とは長く続かない。ついだらだらとアイドリング相手と十何年も続き、この男となら、どんなにだらしない体型でもOK、という心のゆるみが、他の男の人をもひき寄せなかったと反省している。

が、なお美さんは違う。そういう「深く」「浅く」のおつき合いは何人いてもいいの、とおっしゃるのである。そしてそういう男の人たちと夜を過ごすための、シルクのキャミソールもカラー写真で公開してくださっている。ベビーピンクやモスグリーンのものすごく綺麗なの。

「いつも繁盛している女」

という形容詞にぴったり。

そうだ、私も繁盛させなきゃならない。通販のパンツをはいてる場合じゃないだろうがー！

パンツといえば、急にデニムパンツの話になるが、おとつい『美女入門PART8美は惜しみなく奪う』の出版記念トークショーがあった。青山のABC（青山ブックセンター）に、熱心なファンの方が来てくださってありがとうございました。次の日のブログの書き込みに、

「マリコさんがあんまり可愛くて美人でびっくり」

というのがあり感涙。ファンというのは何てありがたいんでしょうか。マガジンハウスの人たちもいっぱい来てくれた。そして仲よしのプレスの人も控え室に顔を見せてくれたのであるが、みーんなデニムをはいているではないか。

「なるほど、今、おしゃれな人って、みんなダメージデニムなのね」

若い人だけでなく、アラフォーの人たちも可愛いブラウスに、ダメージデニムを組み合わせて本当に素敵。実は私、この頃デニムははいていない。ブランドもんのデニ

ムは、太っちゃってジッパーが上がんなくなってしまったのだ。

「でも私、今度ダメージデニムはこうっと。やっぱり今年っぽいもん」

と言ったところ、傍にいたテツオがニヤニヤしながら言った。

「やめときなよ。あのさ、フケちゃって顔にダメージがある人は、ダメージデニムははかない方がいいと思うよ」

年をくっても本当に憎たらしいことを言う。自分なんか結婚も出来ないくせに。

トークショーが終わった後、アンアンの編集長、ホッシー、テツオと私の四人で夜遅い食事に出かけた。『美は惜しみなく奪う』早くも増刷でみんな喜んでいた。シャンパンで乾杯。

そのイタリアンは、青山にあっていちばん流行りの店。予約は二週間前じゃないと取れないって。有名芸能人がデイトしていた。いいなあ、こういう華やかな夜。夜遊びの青山。

「白はシチリアのを、うんと冷やしてね」

ナオミ・カワシマになったつもりの私は言うの。明日シルクのパンツ買ったる！

とおおいに飲んで食べて帰ったら、次の日は見事に二日酔いになった。お酒に強い私は、二日酔いなんかめったにない。それなのに頭はガンガンするし、お腹は下すわ、吐くわと大変なことになった。次の日はすべての予定をキャンセルしたぐらいだ。

「やっぱり徐々に、お酒を消化する機能が弱ってるみたいだから気をつけなくっちゃ」

今朝、犬を散歩させていたら隣りのマンションの奥さんが言った。この人と私は大の仲よし。彼女は私よりもずっと若いが、体型が似ている。なんでも結婚して十数キロ太ったんだって。よく見ると彼女、ダメージタイプのロールアップデニムはいてるじゃん。

「それ、どうしたの（どうしてあなたにはけたの？）」

「これ上がゴムなの。すごくラクチン。駅前の商店街で売ってるよ。買ってきてあげようか」

お願いと、千円渡した私はやっぱりよくないでしょうか。

いつも見られてる

機会があり、JALの訓練センターの見学に行った。

もぉー、楽しかったですよ。そこはもうテレビドラマ「アテンションプリーズ」と全く同じ世界。学校と同じように教室があり、制服姿のCAの方々がお勉強している。そして機内と同じように席をつくった訓練所では、サービスの講習がそれはそれは厳しく行われている。

新卒、あるいは勤めて一年ぐらいの若いCAの方々がいっぱい。

「昔の方がキレイだった」

「この頃はふつうのコばっかり」

という声はあるが、やはりこれだけ大量のCAの方々がいるのは壮観だ。そしてやっぱりみんなキレイ。どうしてこんなにキレイなのかよーく見ていたら、みなさん姿勢がとてもいいのですね。背筋をすうっと伸ばし、ウォーキングも隙がない。そしてぴしっとまとめた髪の毛。

ふつうのOLだと、やはりここまでぴしっと出来ないかもしれない。

「CAはいろんなところから見られている」

という意識のもとに、常に緊張を忘れない、ということだ。

私も見習おう……なんてとても思えません。今の私はただの、体型のゆるんだおばさん。美しいCAの方々を、

「いいなあ、若いキレイな人たちは……」

と、ただ遠くに見るばかり。

そしてその三日前のこと、私は東をどりを観に、新橋演舞場に出かけた。東をどりというのは、年に一度の新橋芸者さんのお祭りで、日頃鍛えた踊りや唄、そしてお三味線などを披露する非常に楽しい会である。今年は特別に、ホッシーを連れていったら、かなり興奮していた。

「わあー、芸者さんって本当にキレイですね」

「そうよ。あなたみたいな若い人は、まずお座敷遊びなんか無理だから、こういうところでよーく見ときなさいよ」

ロビーに、現役の若い芸者さんと一緒に写真を撮るコーナーがあり、そこにホッシーが立つ。やさしい私はケイタイカメラのシャッターを押してあげた。

その時、向こうから知り合いがやってきた。お金持ちの奥さんなので、このチケットは料亭から貰ったんだって。この方、もともとふっくらした方なのであるが、ものすごく痩せていてびっくり。

「そうなの、私、二ヶ月で七キロ痩せたのよ」

「何？　それ、何なのよ！」

私の顔色が変わった。こういう話にのらなかったことは一度もない。

「お医者さんに診てもらったの。これ、お薦めよ。私もハヤシさんも、外食やおいしいものが好きじゃない。私、ずうっと外食続きだったけど、それでもあっという間に痩せたの」

「まさか、ヘンな薬じゃないでしょうね」

痩せ薬ということで、ヤバいものに手を出すケースは多いもんです。

「やーね。ちゃんとしたお医者さんの処方よ」

彼女が言うにはこうだ。血液を採り、徹底的に調べる。そうするとその人の肥満原因が何なのかちゃんとわかるそうだ。ある人は、炭水化物を分解することが苦手な体質だとする。そうすると、炭水化物をうまく消化してくれるサプリメントをくれるそうだ。

「私、行く、行く。絶対に行く」

「そのかわり、すんごくお金がかかるけどいい？」

「大丈夫。私、この頃太っちゃってサイズがないの。だからここんとこお洋服買ってないもん」

このあいだはパンツを試着したところ、ジッパーを上げようにも、お腹の肉が中におさまらなかったのだ。

そして彼女にクリニックの電話番号を聞き、予約を取り、さっそく昨日行ってきた。若いイケメンの先生がいて、一時間のあいだにいろいろ質問された。

「あなたが、ふだんいちばん楽しいことは何ですか」

「そりゃ、おいしいワインと食事を仲のいい友だちと一緒にし、楽しくガヤガヤやってる時です」

「それじゃ、ワインと食事がないとして、いちばん楽しいことは？」

「……」

とっさに答えられない。

「肥満というのは、精神と深く結びついているんですよ。あなたはストレスが大きな問題でしょうね」

そして血液をいっぱい採る。これはアメリカに送るので、私の肥満原因がわかるのは二週間後ということになる。それまでとても待てない。

そして不思議なことが起こった。あのクリニックに行ってから、食べるものにものすごく気を遣うようになったのである。これはなぜだろうか。詳細なレポートはまたお知らせします。だけどホントに高かったわ。

クツだけ女王様

最近、めったにお洋服を買わなくなった。サイズが合わないこともあるけれど、何だかそんな風な気分になれない。といっても、まだ二ヶ月ぐらいのことであるが、とにかく何も買っていない日々が続いているのだ。

このあいだお台場に出かけたところ、アメリカンカジュアルのお店があった。ショーウインドウには、

「サイズあります。どうぞご試着ください」

と、まるで私を誘うようなパネルが貼られていた。

さっそく入り、茶色のチノパンツを手にとった。ここんとこ、パンツ類のジッパーが上がらなくて困っていたが、十三号なら大丈夫よね……。が、私は自分のお肉をみくびっていた。ジッパーのところで、巨大な肉塊がいったりきたり、右に寄せてもダメ、左に寄せてもダメ……。しかし試着室の前には、若いイケメンの店員さんが立っている。入らないなんて言えない。

「これ、いただきます……」

この他にもデニムスカート（これはワンサイズ大きい）、白Tシャツ二枚、手づくり風（たぶん中国製）かぎ針編みニット、これが全部で二万四千円。私がよくいくハイブランドのお店じゃ、Tシャツがやっと買えるお値段かしら。

そして家に帰り、一枚千円のTシャツを着たところ、何の問題もない。むしろ高いブランドTシャツを、クリーニングに出して大事に大事に着るより、安くていつも新しいTシャツを着てる方がずっといいかもしれない……。

そんなわけで、この頃ロープライスのものと、もともと持ってるハイプライスのものとを組み合わせて着ている私。買物好き、ブランド好きの私が、これほど買物しなくなったんだから、あとは推して知るべしであろう。

どこのショップも、まるっきりお洋服が売れなくて困っているそうだ。おかげで女性誌の広告が入らなくなったんだと。

しかし私が思うに、洋服は昨年のものでもいいが、ポイントはやっぱり今年のものを取り入れなきゃ、おしゃれな人とは言えないであろう。

まわりを見ていると、やっぱりファッション関係者は、靴を替えていますね。そお、今年（二〇〇九年）大流行の甲に技ありサンダル。あれがあるのとないのとでは大違い。スカートでもパンツでも、あの靴を履いたとたん、

「おお、今年だ！」

ということになる。が、ご存知のように甲高の上に、異様に幅広の足を持つ私は、とてもこんなサンダルを履けない。むしろ憎んでいるといってもいい。

「ふん、SMっぽいサンダルじゃん」

そう、女の足をものすごく締めつけてると思う。履いていると、とてもつらいはずだ。

私は今年の春に会った、SMの女王を思い出す。

「ものすごく面白い女のコがいるから」

と友人が紹介してくれたのである。

彼女はうりざね顔に白い肌の典型的な日本美人。アイラインを濃くひいているとこ

ろが、いかにもSMの女王様という感じ。友人に言わせると、

「今、若手の有望株ナンバー1の女王様」

だという。何でも、専門誌があったり、マニアの人がちゃんとコンタクト出来てたりで、こういう情報は早いそうだ。彼女はもともとOLをしていたのであるが、ちょっと遊びでSMのお店に行ったら、すぐにその素質を見抜かれたそうである。

「もともと、人のために何かするのが大好きなので、頼まれたことは断れないんです」

ということで聞いた話は、あまりにもおどろおどろしくて、とてもここでは書けません。が、プレイ代がひと晩で十万円ぐらいと聞いて、私はすっかり驚いてしまった。

「SMやる方は、お金持ちが多いので、このくらいどうということはありません」

世の中には、まだ私の知らない世界がたくさんあるなあ、とつくづく思う。

私の知らない世界といえば、今日ランチをした友人からこんな話を聞いた。その友人の知り合いに、とんでもなくお金持ちのお嬢さまがいるそうだ。お父さんの会社は、世界的パテントを持ち、特許料がいくらでも入ってくる。

「でも、この不景気で大変でしょう」

と友だちが聞いたら、とんでもない、という返事が返ってきたという。

「今は円が高いから、買物にこんなにいい時はないわよ」

香港、韓国にお買物に行くのはあたり前。そんなことより、日本で買う宝石がものすごくお得なんだと。東京の有名な外資ホテルのアーケードに、ナントカという有名な宝石店がある。そこのダイヤの細工は世界一だそうだ。

「そこで今、たくさんの日本人が宝石を買い漁っているそうですよ」

ふうーんと私はうなってしまった。SMでひと晩十万円遣う人も、ダイヤを買い漁る人も、とても極端な世界ではないだろうか。早く私のようなふつうのお買物好きが、ふつうにお買物する世の中が戻ってほしい。

ところであのSMサンダルであるが、もし私のサイズに合うものがあれば、やっぱり履いてみたいっす。ナマ脚にはあれでなければね。

パンツ問題

私のパンツ問題は、日に日に深刻さを加えていった。十三号でもジッパーが上がらない、というよりも、お腹の肉がおさまりきれなくなったということは既にお話ししたと思う。

隣りの奥さんは、ついにデパートのビッグサイズコーナーに行ったそうだ。

「あそこはびっくりするぐらい、いろんなものが揃っているんだけど、あれに甘えたら、ずるずるあっちの住人になるような気がするのよねぇ」

「そう、そう。私もあそこで三年前に買物したら、店員さんがニコニコして『またお待ちしています』って言ったの。あたり前の接客なんだろうけどむかついた……」

などと言いながら、そこのデパートで買ったパンツをスーツケースに入れ、海外旅行にとび立つ私。なにしろ、今はけるパンツはそれだけなのである。

シカゴでは、邦人向けの講演が主な目的であるが、せっかく来るのだからとあちらの皆さんが楽しいスケジュールをいっぱい組んでくださっている。ミシガン湖でのヨットクルージング、というのもあって、やっぱりパンツは一枚持ってかなきゃね。

着いた次の日、現地の人たち何人かと朝食会をした。その中に俳優のような男性がいるではないか。某企業のシカゴ支店長であるがまだお若い。ニューヨークで生まれてしばらく育ち、日本で慶応を出たんだって。知的でハンサム、長身で品があってと、まさしく私好みの男性ではないか。しかもその方は、私の買物についてきてくれるという。

「僕でよかったら、通訳とエスコートをしますよ」

私はボーッとしてしまった。時あたかも、シカゴは大バーゲンセールに突入していた。高級デパートも、高級ブランドの路面店も、信じられないような価格になっている。この不景気で、バーゲンの時期がものすごく早くなっているそうだ。日本より一ヶ月は早いかも。今年のファッション誌のグラビアを飾ったワンピや靴が、四割、五割引き……。

支店長とご一緒したデパート「サックスフィフス・アベニュー」では、服の品揃えはよくなかったが、靴のバーゲンが最高。グッチもプラダもみーんな二万数千円ぐらい。しかも私のサイズがいっぱい。四足買いました。支店長は買った紙袋を、ごく自然に持ってくださる。

「まあ、いい男ねー」

と店員のおばさんも言ったぐらいだ。が、私は気づいた。これから洋服のバーゲンに突入しようとするのに、どうしてこんなハンサムな方と一緒にいられようか。サイズ44や46の服を、どうしてこの方に持たせることが出来るだろう。

「あのー、私、もうここで失礼します」

無念である。ふつうだったら、この後ランチも一緒に、というのが自然な流れだったろうに。

「そうですか。僕がいるとお邪魔かもしれませんね。それではこの靴はホテルにお届けしておきましょう」

と、あくまでもやさしいジェントルな方……。

そして私は別のデパート「ニーマン・マーカス」へ女性と行き、三時間半滞在した。バーゲン品となったブランド品をいじくり倒し、試着し倒したのである。安いことも安いが、私のサイズがここではふつうにある。サイズ46のプラダのパンツなんて、日本で見たことある!? 別に自慢することでもないが、念願のパンツ、それもおばさんビッグサイズコーナーにあるやつでもなく、上がゴムになっているわけでもない。ちゃんとしたデザインの素敵なパンツを私は手に入れたのである。

日本に帰ってからも嬉しくて、夫に、見て見て、とやっていたら、ジャージ素材のお尻のところがパカッと割れちゃったけど……。

が、私には今すごい希望がある。例の肥満クリニックから、血液検査の結果が出た、という知らせがケイタイに届いたのである。

私より先にクリニックに行っていた、ダイエット仲間の三枝成彰さんからも喜びの電話が。

「二日で三キロ痩せたんだよ。あっという間に三キロ」

私は帰国した次の日の午前十一時、クリニックへ行った。そして先生から意外な事実を知らされた。私は炭水化物とたん白質がまるっきり足りなかったんだそうだ。節食していたことと過剰なストレスが、私を一層痩せづらい体へと向かわせていたんだと。

「これじゃ、何をやっても痩せなかったはずですよ。体がストレスで疲れきってます。

だから血圧も低いんです」

食事指導と何種類かのサプリメントをもらう。これだけで八万円する。が、お金が何であろう。私はこれからしばらく、稼ぎをみんなこのクリニックに捧げるつもりである。お洋服も当分買わないつもり。私にはあのバーゲンで買ったプラダのパンツと靴があるもん。パンツは知り合いに頼んで、お尻にミシンをかけてもらうことにした。戻ってくる頃にはゆるゆるになっているはず。

和気アイアイ披露宴

私のブログを見ている人たちから、驚きの声が上がっている。

「ハヤシさん、顔が激痩せしている！」

そう、シカゴでさんざん食べ、飲み、激太りの一途をたどっていた私が、最後の希望を託したもの。それは、

「医者の手を借りる」

というやつである。血液を採って海外に送って検査結果がわかるのに二週間かかった。それによるとストレスで代謝がうんと悪くなっているとのことだった。

「これからは朝だけ炭水化物を摂るように」

「アルコールは慎むように」

と注意を受け、サプリメントを飲み続けているうち、食欲もなくなった。そうしたら五日で二・五キロ体重が減ったのである。

が、不安なことがある。

「もうじき、ナオミ・カワシマの披露宴じゃないだろうか」

週刊誌の記事によると、なんでも「宇宙一おいしい披露宴」になるんだそうだ。日本を代表するスターシェフ七人が、それぞれを担当するというので、すごい話題になっている。それにナオミさんのことだから、ワインだって、すごく凝ったおいしいものが出るに違いない。

食べるべきか、食べざるべきか……。

えい、そんなことは当日考えよう、と決めた私である。

当日は着物を着て、ばっちりヘアメイクをしてもらった私であるが、会場に行ったら愕然《がくぜん》とした。芸能界の美女がいっぱいいる。もちろん張り合う気など全くないが、これだけ美しい人たちがいっぱいいる披露宴も珍しいかも。

向こうからは、ステキなドレスを着た神田うのちゃんが。旦那さまと手をつないでいる。新婚のうのちゃんは、幸せいっぱいでますますキレイになっていると評判だ。

井上和香ちゃんに、山田まりやちゃん、南野陽子さんに、スケーターの荒川静香さん。その他、私の知らない若いタレントさんたちもいっぱい。

会場のグランドハイアットは、テーブルのコーディネイトも本当におしゃれだ。クリスタルと百合で飾られている。きっとこういうことも、新婦がひとつひとつ気配りしたのだろう。

やがて新婦がウエディングドレスで登場。その美しさに会場がどよめいた。本当にキレイ！　デコルテも肩も、ピカピカと輝いている。肌といい、プロポーションといい完璧だ。決して若い花嫁さんではないのに、この美しさといったらすごい。

お色直しのお花がいっぱいのイブニングも本当にステキだったワ。

そして料理が本当においしい。アルポルトの片岡さんの前菜に始まり、フカヒレのスープに、トリュフのコロッケは鉄人の坂井シェフ、そして三國さんはお魚のパイ。が、私はけなげだった。今見たナオミさんの美しさに心をうたれ、自分の身の上を大いに反省したのである。よってワインは飲まず、生ウニのパスタは、隣りの秋元康さんに食べてもらった。

さて披露宴はなんと四時間も続いたのであるが、全く退屈しなかった。ふつうこれだけ長い披露宴だと、途中でダレて帰る人もいるのに、そんな人は一人もいない。

なぜなら招待客は多かったが、和気アイアイの雰囲気で、みんなアッチへ行ったり、コッチへ行ったりして遊べたからである。私なんか、有名人と写真撮りまくって、ものすごく充実した四時間であった。帰る時みんな口々に、

「こんなの初めてだよねー」

「なんだかやたら楽しかったよねー」

と言っていたものだ。次の日、ワイドショーを見ていたら、中継していた日テレ以外では、

「商魂たくましい」

「花嫁のパフォーマンス」

と皮肉を言う人がいたけれど、私はナオミ・カワシマ、さすがと思ったのである。

女のコは少女の頃から、自分の結婚式や披露宴について夢を持っている。ナオミさんはそれをすべて実行に移したのだ。また、そういうことが出来る経済力を持っていたのである。生涯に一度、自分を最高に美しく素敵に見せるための演出を、自分自身でした。だから引き出物に自分の本やCDを入れるのはあたり前じゃん。大人の女だったら、このくらいのお金と人脈を持ち、このくらい人を楽しませてほしいものである。中継では伝わらなかったかもしれないが、出席者は全員満足し、お腹も心もほっ

こりした披露宴だったのである。

さて、順調にいっていたダイエットであるが、ここにきて足踏みが。理由はわかっている。ダイエット特有の便秘ですね。ビロウな話をついでに言うと、サプリメントをもらう時、看護師さんに注意された。

「オナラに気をつけてください。脂肪を吸収させないこの薬を飲むと、まれにオナラのショックで、お尻から脂肪の汁が漏れてしまいます」

しない人はいいけれど、もしするんだったら、お尻にパッドをあてなさいだって。あまりにも情けない……。美への道には思わぬ困難が待ち受けていた。

〝腫れ〞のち合コン

最近どんなダイエットをやってもうまくいかない私が、最後に活路を求めたのは、そう、専門クリニックであった。

ここで採血した結果から、肥満の原因がいろいろわかったことは、既にお話ししたと思う。忙しさと、痩せない、どんどん太っていくという焦りから、すんごいストレスに陥っていたのですね。

そしてサプリメントを処方された。食事の前後にいろいろ飲むと、少しも食欲がわかない。おやつに甘いものを、という気も少しも起こらなくなった。

二週間後に診察に行ったら、四キロ近く痩せていた。が、少しもつらくない。こんなダイエットは初めてである。が、お医者さんが言うには、食欲抑制のサプリをいろいろ使えるのは三ヶ月だけ。

「あとは自力で食事をコントロールしていかなくてはなりません」

なのだそうだ。この根性なしの私に、そんなことが出来るだろうか。意志の弱い、おいしいものとお酒が大好きな私に……。

「そもそも、人生の楽しみが、友だちとおいしいもの食べてワインを飲むことだけ、っていうのがおかしいんじゃないでしょうか」

確かにそのとおりだ。そりゃあ、私だって恋愛したいっす。人生がめちゃくちゃになるような恋に出会いたい。だけど、もうこのトシだし、ヒトヅマだし。

「でもハヤシさんは、今年すごい危険な恋に出会うはず。絶対に！」

と言ってくれるのは、仲よしの脚本家、中園ミホちゃん。今、テレビ朝日で放映中の「コールセンターの恋人」を手がける超売れっ子脚本家であるが、占い師でもある。昔から私はいろいろ観てもらっているのだ。

今日はミホちゃんと私、男性二人とやや気の張る合コン。相手はセレブであるが、場所は新橋の居酒屋である。あちらがたまには気取らないところがいいというので、私がセッティングしたのである。

さて、合コンの前に私には行かなくてはいけないところがある。つい先日、雑誌でチェックしておいたエステである。なんでも超音波をかけながら、肌にコラーゲンを注入してくれるそうだ。三時間のコースでお金も高いが、顔はぐっと上がり、肌もぷるぷるになるんだって。

ご存知のように、美容のためにはお金と手間を惜しまない私。それでいてこのレベルか、という声も多いが、それだけやっているからこのレベルでとどまっていられるのかも、という意見もある。

地図を見てやっとたどりついたサロンは、とても広くて綺麗であった。ガウンに着替え、ベッドに横たわる私。するとエステティシャンの女性が尋ねた。

「ハヤシさん、どこか気になるところありますか」

「えーと、ここの皺《しわ》と、ここのたるみかしら」

「わかりました。今、院長をお呼びしてきますね」

「インチョウ？」

そしてベッドの横のドアが開いて、ひとりの男性が入ってきた。胸元には名前の刺しゅうが。私でさえ聞いたことがある、有名な美容整形の医師である。

「あ、ここのたるみは、ヒアルロン酸入れましょうね。そうすればぐっとアップしますよ」

と、てきぱきとものごとは進められていく。なんかキツネにつままれたような気分。

「あのー、ここって、エステサロンですよね。名前からして全部カタカナの」

と後でエステティシャンの人に聞いたら、

「そうですけど、経営は○○美容外科なんです」

ということであった。

「ハヤシさんは、ヒアルロン酸に抵抗ありますか」

いえ、別にありませんが、出来たらあまり注射に頼りたくない。しかし、ちょっと興味もあるのも本当。が、心の準備をまるでしてなかった。

というわけで、エステを終えお化粧もした後、美容外科の診断室へ。ここは半分が「美容外科」のスペース、半分がエステのスペースらしい。

目の下に注射をしてもらった。かなり痛い。そこを冷やしてもらううちに、化粧はすっかりはがれてしまった。その後、私はゆっくりとサロンでお化粧を直すつもりだったのに、ここは芸能人が多いためか、ものすごく気をつかってくれ、急がされる。

「ハヤシさん、今なら人がいません。どうぞ」

と、玄関にタクシーを待たせてくれている。あっという間に新橋についてしまった。

お茶を飲めるところに入り、気を落ち着けようとしたのであるが、新橋の駅前にそんなものはあるはずはない。約束の時間まで、まだ四十分ある。仕方なく新橋駅ビルをさまよう。時折、鏡を見ると、頬が赤く腫れたすごい顔をしている。化粧もはがれ落ちている。とりあえず、何とか顔につけるものをと、コスメティック店にふらふらと入る。ま、明るい照明の下では、とても見られたものではない。

「二時間たつと、腫れも消えますけど」

と言われたことを思い出した。その夜の合コンは、中園ミホのひとり勝ちであった。

マリコ的断捨離

仲よしのプレスのユリちゃんから、メールが入った。

「マリコさん、私もサプリメントで痩せましたが、動悸《どうき》がして体調を崩しました。本当に気をつけてくださいね」

そお、私も食欲抑制剤を飲み続けたら、心臓がドキドキして、息苦しくなるほどだ。もうこのまま死んでしまうのではないかと思うようなことがあった。もしそんなことがあったら、

「ハヤシマリコ、痩せ薬で急死」

などと書かれて、すごく恥ずかしいかも。

考えてみると、今まで私の最大の楽しみというのは、友人とおいしいものを食べ、お酒を飲むことにあった。

「月曜は、○○さんとフレンチ行くんだワ。そこでおいしいワイン飲もーっと」

「水曜はみんなで予約の取れないお鮨屋に行くんだワ。楽しみ」

私の生活の目安というか目標、生きる希望は食べるスケジュールによってつくられていた。それが何にもなくなってしまったんだからウツっぽくなる。そお、食欲抑制のサプリメントは、時には軽度のウツもひき起こすようだ。

おまけに母親は入院するし、夫とケンカするし、仕事はものすごく大変だし、なんかたまってる私。どこかをつついたらパンクしそうだ。こういう時にパーッと買物をしたら気が晴れるのであろうが、つらいことにはここのところ収入も減。増刷の通知が来ないじゃないの。印税に頼る物書きは、浮草稼業だとつくづく思う。体調悪くてお金がない日々。

どうやったら心が晴れるのであろうか。

それはこの半月の私の課題となった。

四日前のことになる。某アイドルと対談することになった。そお、イケメンの代名詞のようなカッコいい人だと思ってほしい。彼とはプライベートでも二度ほど会った

ことがある。何かのついでに焼肉を食べに行ったのだ。だから私もスターに対してなれなれしく、「元気そうね」と言ったら、

「ハヤシさんも、相変わらずキレイですね」

だって。そして写真を撮る時に、ぐっと肩を抱いてくれたのである。以前だったら、舞い上がってしまうところであるが、

「オバさんにサービスしてもらって悪いワ」

と恐縮するばかり。いたわしい気持ちさえ起こる。心がどんどん後ろ向きになっていってる。本当に私らしくないワ。

お顔のことも影響しているかもしれない。

エステに行ったつもりが、思わぬことからヒアルロン酸を注射したことはお話ししたと思う。自分ではそう変わっていないつもりであるが、顔が引き締まったという人もいる。三日前、ある男性に会ったら、

「ハヤシさん、メイク変えたの?」

とすぐに聞かれた。彼はテレビ関係者なので、女優さんやタレントさんを見慣れている。だから目が鋭い。私はドキッとした。

「ちょびっとヒアルロン酸注射したけど、こういうのもプチ整形っていうのかもしれ

ない。いつも私は、整形した芸能人のことを、いろいろと言ってきたけど、もうそんなこと言う資格はないんだわ。そうだわ、私はもう、あっち側に足を踏み入れてしまったんだワ……しくしく」

心がまた暗くなってしまった。そうだわ、亡くなったマイケル・ジャクソンも、こんな心の葛藤に苦しんで、その反動でどんどん顔を直していったのかもしれないじゃん。

そんな時、大学生の姪っ子が遊びにやってきた。このコは別に太っているわけではないが、ハヤシ家の呪われた遺伝子はちゃんと受けついでいる。そお、デカ足なのである。合う靴がなくて、とても苦労しているらしい。だからいつも私は彼女にそれこそポンポン靴をあげてしまう。

「これ、履く？」

昨年買って一度も履いていないプラダのサンダルを二足あげる。赤い花をあしらったきゃしゃなのと、銀色のベルトのやつ。

「わー、これぴったり！　こんな可愛いの初めて」

あんまり大喜びするので、靴箱を開け、がんがん紙袋に投げ入れる。

「このシャネルのサンダルも、もう履かないからいいよ。あ、このエルメスも持ってきなよ」

そうしたら、靴箱がかなりスッキリした。そうなるともう捨てたり、あげたりするのが面白くて仕方ない。三十分ぐらい整理していたら、玄関が見違えるようになったではないか。

そこへハタケヤマが顔を出す。

「ハヤシさん、近くの教会でバザーがあるんで、何か出してくださいですって」

「わかった。じゃ、これも、これも、これも」

もらいもんの食器にタオル、風呂敷に小物入れ、あれもこれもダンボールへ。おー、なんて気持ちいいんだ。しかしびっくり。この私が整理整頓で心が晴れるなどとは想像もしなかった。

「いらないもの、古いものを捨てるって、こんなに精神を浄《きよ》めてくれるものなのね」

私のぜい肉も早く捨てたい。そうしたらもっと心も晴れるはず。このつらさは、そこにいくまでの道のりと思うことにした。

悪魔の悪戯

やっとサプリメントも体に慣れてきた感じ。うつっぽい気分もなくなったのは、本当によかった。

二週間ぶりにクリニックへ行き、体重計にのったら、また三キロ近く痩せているではないか。一ヶ月で六キロですよ、六キロ！

このところ、加圧トレーニングをしようと、夕食抜き、炭水化物抜きにしようと、ぴくりとも動かなかった体重が、するすると落ちていくではないか。

お医者さんはこう言う。

「ハヤシさんみたいに、ストレスで身も心もガチガチになっていたら、絶対に痩せる

やっぱりそうかァ……仕事も大変だけど、あんなわがまま亭主と暮らしてたら、やっぱりストレスはたまるよな。お医者さんからのメッセージとして、ちゃんと伝えなきゃ。

さっそく夫に、

「あのね、私、今まですっごいストレスだったみたいよ」

と告げたところ、

「君にストレスなんかあるわけないだろ。まわりにストレスまき散らしてんだから」

というひどい言い方である。私はかなりムッとして、

「じゃ、私と暮らしてて、そんなにストレスあるわけ？ あんなに言いたい放題言ってる人が!! ヘン」

と怒鳴り、かなり険悪なムードになったのはつい最近のこと。

しかしそれにしても、痩せるというのは本当にいいもんですね。私のブログのファンサイトにも、こんな声があった。

「マリコさん、あのチョロランマに分け入ってけば、当分お洋服買わなくてもいいんじゃないの」

確かにそのとおりで、私のクローゼットからは「痩せたら着よう」ととっといたものがどっちゃり出てきた。かなりお高かった薄手のレザージャケットをはじめ、ドルガバのタイトスカート、プラダのブラウスがざっくざっく……。とがったデザインのものはないので、二年ぐらい前だったら大丈夫。感動的だったのは、もうはけないと諦めていたジル・サンダーの水色のフレアスカートに、昨年買ったジャケットを組み合わせたら、ちゃんとスーツになったことである。これに白シャツと、シカゴで買った貴石の長いネックレスを組み合わせると、今年っぽい。どこへ着ていっても誉められる。

昨夜はこの格好で、直木賞の選考会へ行った。そうしたら料亭の玄関で、テレビ局の人がマイクをつき出した。

「今日の選考はどんな感じでしょうか」

短く答え、中に入る私。

さて、その夜は無事に受賞者も出て、文壇バーを二軒ハシゴする私。年に二回だけ、ものすごく作家っぽくなる夜である。

家に着いたら夜中の一時。夫はもう寝ていた。私の気配に気づき、起きる夫。イヤだわ、また遅く帰ってきてと怒られるんだわ……。が、違った。

「君さ、さっきさ、九時のニュースに出てたよ。テレビ局の人にインタビューされてたよ。ものすごくキレイだったよ」

またバタッと寝る夫。ううっ、いいとこあるじゃん。この男が「キレイだった」なんて言うのは本当に珍しいことである。ダイエットしてよかったと、心から思った私である。

先日、玉村豊男さんの書いたエッセイを読んでいたら、こんな箇所があった。洋の東西を問わず、十六、七の少女というのは本当に美しい。が、フランスではそれを「悪魔の悪戯」というのだそうだ。

両親の遺伝子の〝福笑い〟によってつくられる美しさは、一過性のものであるとフランス人は言う。それよりも、人生を経て、自分で獲得した美しさの方がずっと上だと彼らは考えている。だから年増が好まれるのだそうだ。それにひきかえ、日本人のロリコン趣味はどうしたらいいのだろうかと、話は続くのであるが、「悪魔の悪戯」、いい言葉ですね。

テレビを見ていても、十代のタレントさんたちの美しさ、可愛らしさときたら、もうため息が出るほど。つるつるの肌、バラ色の頬、長い睫毛《まつげ》の大きな大きな目。素敵な曲線を描く唇。が、それは確かに「悪魔の悪戯」かもしれない。なぜなら彼女たちの大半は、二十年後かなりむごいことになる。仕事を頑張り、生き残った人たちが、とてもカッコいい「女優」の顔を獲得するのだ。

という話を編集者としていたら、彼からかなり驚くべき証言を聞いた。某スター女優さんを撮影していたら、鼻の形がとても不自然なことに気づいたそうである。

「頬もヒアルロン酸かボトックスをうったらしくて、ボコボコしてましたよ。あれだけの人が、どうしてあんなことをするんですかね」

そういうことを言われると、ついうつむく私。先週、何人かと食事をした。私が痩せた、変わったと皆が口々に言う中、私が密かに慕うある男性が、

「いや、痩せただけじゃない。それだけじゃないだろ」

ときつく言ったのだ。ヒアルロン酸事件、まだ尾をひいてます。

おべべ狂い復活！

この頃、また京都に遊びに行くようになった。仲よしの麻生圭子さんがいろいろアレンジしてくれるからだ。

京都のことをエッセイに書いている麻生さんは、当然のことながら何でも詳しく人脈もすごい。このあいだは葵祭の招待席を用意してくれ、今度は祇園祭にぜひと誘われた。そんなわけで二泊、京都に遊びに行くことにする。

律儀でやさしい麻生さんは、私の三日間のスケジュールを組み立て、ファックスで送ってくれた。それによると、一日めの夕飯は有名なおでん屋さんだ。おでん屋といっても、カウンターとテーブルのふつうの日本料理屋さんだ。祇園祭につきもののハ

モのお刺身や、鮒ずし、鴨のロース煮なんてものが出たあと、最後に上品な味のおでんが出る。これがものすごくおいしい。

麻生さんのご主人も一緒だったが、この方、年下のものすごいイケメンである。ふつう美人というのは、男の人の容貌を問わないものであるが、何ということであろう。ダンナは京大出の建築家で、背は高く超ハンサム。麻生さんズルいと、私はご主人に会うたびに少々、不機嫌になる。

が、おでんもおいしく、そのあとみんなで宵山を見てとても楽しかった。

そして次の日は祇園祭のハイライト、山鉾巡行を見に行く。これには「くじ改め」というとても面白いセレモニーがあるのだが、麻生さんのおかげで特等席で見ることが出来た。

そして次の日は、麻生さんと親しい帯屋さんの工房へ行くことになっている。私はちょっと嫌な予感がした。そう、現物を見れば私が買わないはずはない。またあの「おべべ狂い」が始まったらどうしようか……。

かなり前のことになるが、着物に凝り出した私は、それこそ買って買って買いまくったものである。着物を買うために京都へ行き、友禅作家に注文するために金沢まで足を延ばした。結果、その年の衣服費がン千万円になり、税理士さんから、

「こんなお金の遣い方されたら、もう僕たちはやっていけません」

と注意され、私は泣き出したこともある。が、次の年もその次の年も買い続け、今、私に預金というものがないのは、この頃のおべべ狂いの影響が大きい。

が、バブルの時代も終わり、本がめっきり売れない世の中である。私の暮らし向きも地味になり、もう着物はあまり着ないようになった。だからもう帯屋さんや呉服屋さんには近づかないようにしているのに、麻生さん、困るわ……。

が、やはりその帯屋さんで、結局三本注文してしまった私。そして別のところで、

「面白い帯が欲しい」

と言ったところ、そこのご主人が私のブログの写真を見て、さらさらと愛犬マリーの絵を描いた。これを帯に織ってくれるというのだ。

充分お買物をして帰ろうとした時、さすが京都の街である。この工房の隣りに、有名な着物作家の表札がかかっているではないか。もう勢いづいている私は、

「ここの着物、いっぺん見てみたい」

先生はお留守だったが、奥さまがいろいろと見せてくれる。中に私好みの、菊の訪問着が……。高いといえば高いが、私は過去にこの何倍ものものをかなり買っている。あの時の興奮が甦ってきた。そう、着物といういちばん女っぽい衣裳を買う

時、女はものすごく男っぽくなるのだ。

「これ、ください」

と、高らかにきっぱり言う時の気持ちよさ。洋服の時とはまるで違う高揚感。

が、不安は残る。また〝おべべ狂い〟が始まったら、どうしたらいいのだろうか。

というようなことを、やはり着物道楽の友人に話したところ、彼女は私の買ったものの金額を聞いてせせら笑った。

「私なんか、そんなもんじゃないわよォ」

着物の世界は本以上に売れなくなっている。すると高価なものが彼女のようなお金持ちをめがけて向かっていくらしい。

「呉服屋がどうしても買ってくれ、買ってくれって言うからさ、人間国宝の着物を三枚買っちゃったわ」

一千万円を二枚、高いのは千三百万円。合わせて三千三百万円だったんだと！　リサイクルショップで買う着物の、千三百円の話じゃないよ。

「そうすると帯もいいのが欲しいから、人間国宝の綴《つづれ》を買ったのよ。これが二本で五百万ぐらいかしらね」

なんか凄過ぎる話である。

ところで京都でも浴衣姿の女のコを、お祭りでいっぱい見たが、ちゃんと着ているコがほとんどいないことに驚く。けばけばしい浴衣を、前がはだけそうにだらしなく着ている。帯の結び方もひどい。

「舞妓ちゃんや芸妓さんというお手本が街を歩いてるのに、京都のコのレベルが低くて不思議」

と言ったところ、

「ああいう人のは全く別物だと思っているから」

ということであった。ま、着物の世界は上下が激し過ぎる。

甦るエロス

一ヶ月半で七キロ痩せた私。が、昨日、クリニックに行って測ったら、二週間で一キロしか減っていなかった。どうやらサプリメントに体が慣れてきたらしい。ついこの頃、甘いものやお酒に手が伸びてしまうのだ。

こんなに大金遣って、それでも痩せないなんて恥ずかしいじゃないの。

そんな時、ダイエット仲間の三枝成彰さんから電話があった。彼も私と同じクリニックに通い、六キロ痩せたという。

「すっごいよ。何でも着られるようになったんだ！」

私は、男の人たちと
混浴風呂に
入ったことは人生
一度しかない。
ピップエレキバンを貼っ
たのは、人生で二回。
が、その二回と一回が
ある日重なった！

「私もそお、二年ぐらい前のものがバシバシ入るけど、パンツ類はまだね。もっとがんばらなきゃ」

その後、サエグサさんはこう言った。

「ボクたち、早くカラダを見せ合いたいね」

「ホント。ハダカは困るけどさ」

そして今日、たまたま会う機会があった。向こうから近づいてくるサエグサさん。

私たちは同時に叫んだ。

「わー、痩せたねー!」

そしてがしっと抱き合う二人。サエグサさんいわく。

「二人さ、もっと痩せたらさ、ハダカでもいいじゃん。ちゃんと成果を見せ合おうよ。

密室はナンだけど、みんなで混浴行けばいいじゃん」

「そうだね。お風呂でハダカ見せられるようにがんばります」

そういえば十年前、サエグサさんと私は、十人ぐらいのグループで、秋田の秘湯、乳頭温泉へ行ったことがある。名物の混浴にみんなで入った。私は自信がないので、しっかりバスタオルを巻いていたが、中には必要以上に見せたがる女の人がいてびっくりした。

後にサエグサさんが言うには、

「あのトシで見せたがるからには、お金と時間をかけてカラダを鍛えているんだろう。見てやるのも功徳だと思って、目をそらさなかったよ」

このグループの中には、名うての女好きがいた。男女別の相部屋だったからわかったのだが、彼は某女性と深夜、混浴に行ったきり、一時間半帰ってこなかったのである……。

ま、私とサエグサさんは、ダイエット仲間、同志、兄妹みたいなもんだから、そんなことは絶対に起こらない。

「じゃ、一緒にお風呂入ろうね。私、サエグサさんの背中、流してあげるね」

と、私たちは約束し合ったのである。

しかし今回、久しぶりに体重を落とし、私はわかったことがある。

「デブはエロスから遠ざかる」

エロスから遠ざけているのは年齢ではない。私ぐらいのトシでも、恋人を持っている人はいっぱいいる。そう、ぜい肉が、自信というものを失わせ、女を卑屈にし、恋の楽しい冒険から遠ざけているのだ。

そう、痩せれば、二人きりの楽しいバスタイムも待っている。このあいだのアンアンのセックス特集に出てたか、出ていなかったか憶えてないけど、やっぱり恋の醍醐味、エロスの饗宴といったら、彼とのバスタイムでありましょう。仲間うちで混浴入るのも楽しいが、二人きりの混浴の方がはるかに楽しいのはあたり前。

自分やカレのところの、せこいユニットバスでは、楽しいことはあまり出来ない。やはり旅に出て、ホテルの広いバスルームがいいですね。

私の友人は、シャンパンを飲みながら、バスルームでいちゃつくのが大好きと言う。バブルの頃には、バスの中にドン・ペリいっぱい入れた、という話も聞くけど、こういうのはちょっとオヤジっぽいかも。

女のコだったら、お気に入りの香りのバスオイルなんかがベスト。このあいだシカゴの高級ホテルに泊まったら、お風呂にハーブのロウソクが置いてあった。このあかりの中で、二人でお風呂に入るなんて、エッチっぽくていいですね。

そう、お風呂にじっくり入り、じっくり見られるのは恥ずかしい、という人は、最初はシャワーがおすすめ。水圧のどさくさにまぎれ、体の欠点はよく見えないまま、なんとなく二人盛り上がり、エッチな気分になるのではないでしょうか。

最近、個室露天風呂がブームで、どこの旅館もやたらつくる。ベランダに面した、個室露天風呂付き部屋が、そう高くなく借りられるようになった。

が、あれはあまり若い人にはどうかと思う。なぜなら声が筒抜けになる。あれは、体力はないけど、いろいろ余裕がある、という中年カップルがお使いになるものではないでしょうか。やはり若い時は、密室となるバスルームの方が、のびのびと楽しめるはず。

何年か前まで、私はよく福岡のシーホークホテルに泊まった（今もあるよね？）。あそこは、日本でいちばんエッチなバスルームであったと断言出来る。ワンフロアに一部屋、海につき出して、船の先頭部のような形にお風呂がある。夜景を見ながらいちゃつくためのお風呂は、広くてふちがたっぷりとってある。おまけに最新のエッチビデオもふつうに流れてた（見たのか？）。痩せたとたん、いろんな思い出とエロスが甦る私であった。

かぐわしき足のかおり

靴フェチの私は、夏のバーゲンでどっさりお買物をした。シカゴで四足、日本で五足、中にはうんと高いピンヒールの、石がキラキラついたやつもある。

このあいだ紙袋から出し、足を入れたら、な、なんと、どれもブカブカになっているではないか。痩せると、足も小さくなる、というのを実感した。

ところで、このあいだ、友だち四人で京都へ遊びに行った時のこと。なかなか予約が取れないお料理屋さんに行き、その後は格調高いお茶屋さんに向かう。舞妓ちゃんや、芸妓さんたちとカラオケをする、というデラックスな大人のお遊びである。

江戸時代から続く大きなお茶屋さんは、夏の麻のれんがかけてある。そして立派な

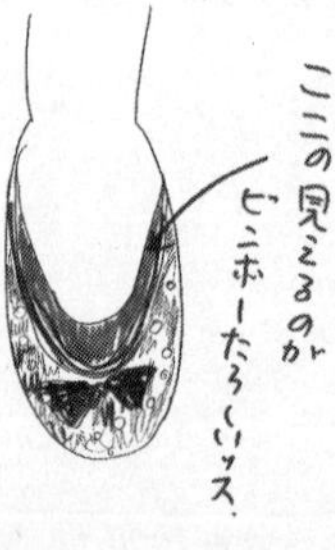

踏み石……。私は脱ぐ場所に行く時は、ちゃんとした靴、それも出来るだけ新しいものを履いていく。女性の靴、というのはまず下足番の人が見る。そして敷き台の上に並べられた靴は、早く玄関に着いた人たちが、みんな見る。だから汚れたものとか、安っぽいものはちょっと恥ずかしい。

あれは何年か前のこと、男友だちに誘われてその人の別荘に行った。といっても、ちょっとおうちを見せてもらっただけだ。お庭を通り、日本家屋の縁側に行き、そこからあがった。ひととおり見せていただいた後は、

「玄関から出てね」

ということで、再び縁側にまわり、靴をとろうとした。が、その方が気をきかして、知らない間に、私の靴を持ってきてくれたのである。それが夏のサンダルだったので、底に足のかたちが薄黒くついてるではないか。恥ずかしい、なんてもんじゃない。そうでなくてもデカ足の大靴。男の人になんか見てもらいたくないのに、足形がくっきりついてるなんて……。

それから私は、お料理屋さんに行く際には、まだそれほど横に拡がっていない、新しめの靴を履くようにしているの。

さて、京都のそのお茶屋さんには、私は黒のエナメルパンプスを履いていった。ブ

ランドはもちろんプラダ。ここはデザインが可愛いうえに、木型が私に合って大きなサイズがある。

その横に置かれた女友だちのを見てびっくり。D○○Aだったのである。それも白にヒカリモノがついた派手なやつ。若いOLさんにはいいけれども、高級お茶屋に行くようなお金持ちの中年女性が選ぶものじゃないと思う。

「あなたって、靴にはあんまりお金遣わないのね。D○○Aはちょっとね……」

とつい言ったところ、

「靴にお金かけたって仕方ないじゃないの」

ということでびっくりしてしまった。靴というのは、外で脱ぐ唯一のもので、中身も見られるものじゃないの。

さて、今年もフラットシューズを何足か買い、裸足に履いているのであるが、今年は蒸し暑かったせいか、中が汗で気持ち悪い。それに裸足だと、靴の傷みもすごく早いようである。

私、ヘビ皮のすごく可愛いバレリーナシューズを買ったばかりなので、これをちょっと大切にしたい。そんなわけでフラット用フットカバーを買った。コンビニでもどこでも売っているアレですね。

今まで甲のところにフットカバーがはみ出しているのを見て、

「ビンボーたらしい」

と思っていた私であるが、もうそんなことも言ってられない。すぐにコンビニで買ってきた。

が、問題がある。あのフットカバーって、薄く小さなものなので、すぐに失くなってしまうんですよね。私、あれを二回以上使用したことがない。洗たくの途中で、片方が必ずどこかへ行ってしまう。あまりにももったいないのが、使うのをやめてしまったひとつの原因だ。そこで私は考えた。

「一足を徹底的に管理しよう」

まず、脱いでも洗たくカゴの中にほうり込まない。必ずバッグの中に一時入れる。そしてすぐさまネットに入れて洗たくをし、そのまま干す。乾いたら、引き出しに入れたりしないで再びバッグへ……ということを繰り返していたら、四百五十円のフットカバーが、もう一ヶ月近くもっている。私にしては画期的なことだ。

しかし大きな問題がある。だらしない私がバッグを開いたままにしておくと、うちの愛犬がすぐに見つけてくわえるのである。熟女のかおりが、いたく気にいったらしい。フットカバーをくわえ、ものすごく興奮して、部屋中走りまわる。

「これー、待てー」

と追いまわすのが日課になった。そのまま入れておくのがよくないと、ビニール袋に入れておいたのだが、それも喰いちぎられた。

なんでこれがこんなに好きなのかわからない。

それにしても、夏の靴はすごく酷使されてますね。裸足でフォーマルなヒールを履くとすごくカッコいい。タレントさんみたいに見える。が、中は汗でクタクタになっているかも。そして、フラット用はあっても、ヒールにはけるフットカバーはまだ発売されていない。あったとしても、すごく色気がないかもね。ナマ脚ではなく、ナマ筋肉をびしっと見せたい夏のヒールです。

ダイエットのおかげ

夏休みは久しぶりにイタリアへ行ってきた。最後に行ったのは、そう、ミラノのスカラ座取材。なんと七年前である。この七年前に何が起こっていたか。そお、和田式ダイエットが成功し、あっという間に二十キロ痩せていた時である。

あの時はまだ今ほどの不景気でもなく、私もお金があった。スリムになってどんなブランドも入るようになり、お金もあったら、そりゃあ買物しまくります。私の人生を振り返って、頭がオカシクなったんじゃないかと思われるほど、買物しまくった時が二回ある。

それは今から十数年前、『不機嫌な果実』という小説がベストセラーになった時だ。たまたまパリに遊びに行っていたのだが、日本に電話をかけるたび、

「ハヤシさん、二万部増刷です」

「今日は三万部増刷かかりました」

という秘書のはずんだ声。私は頭の中で印税を大雑把に計算し、税金のことなどまるで考えることもなく、

「これは、神さまがもっと私に買物しろということなんだワ」

と勝手に解釈し、泊まっているプラザ・アテネの前の、ブティック通りに毎日通ったものだ。が、この時は小デブだったので、洋服がやや制限されていた。

しかし七年前は違う。「ほっそり」と表現されるほどの体型になっていたのだ。

明日はスカラ座でグラビア撮影という日、私は臆することなく、シャネルブティックに入り、一枚のイブニングドレスを選び出した。銀ラメのすっごい綺麗なドレス。

「これ、頂戴」

と、さっと選び出して買った私。全く女と生まれて、シャネルブティックでさっとイブニングを買う喜びにまさるものがあろうか。背もあってそういう体型をしていなくてはならないし、お金だってどっちゃりなければならない。七年前、私はその二つ

を持っていたのである。

それればかりではない。私はここミラノで、ヴァレンティノのよさに目覚めたのだ。それまではちょっとセクシーで女っぽさ過剰を敬遠していたのであるが、スーツもワンピースも試着するとなんだか似合う（ような気がする）。何よりもイブニングの美しいこと。手の込んだすんごいレースである。私はヴァレンティノでもドレスを一枚お買上げし、ピンヒールのフォーマルサンダルも三足買った。ああ、夢のような日々……。

そして歳月は流れ、私はあっという間にリバウンドし、すっかりオバさん体型になった。そして出版界を襲った大不況で、もう昔のような贅沢は出来ない。私はあのパリやミラノの日を懐かしく思い出し、もうあのような買物ツアーは二度と出来ないと諦めていたのである。

が、今年の六月に一念発起したことはもうお話ししたと思う。

「このままデブのまま死ぬのはイヤ！」

個人トレーニングも、加圧トレーニングも私を痩せさせてはくれなかった。それどころか、炭水化物を抜いても、つらいカロリー減の食事をしても、体重計はぴくりとも動かない。

「こうなったらうんとお金をかけるしかない」

と、専門クリニックの門を叩いたのは六月のこと。ここでの徹底的食事指導とサプリメントが効いて、なんと二ヶ月足らずで十一キロ減となったではないか。

そして今回のイタリア旅行となった。もう前みたいにお金をじゃんじゃか使えないが、ちょっとはお買物しようかな、と思っていたところ、なんと夏休みでほとんどの店がシャッターをおろしている。

それに今回は各地のオペラ見物が主のために、訪れたところもペーザロ、ベローナといった、どちらかといえば田舎ばかりだ。高級ブティックはあまりない。途中で洋服の替えがなくなったため、たまたま開いていたマックスマーラで、Tシャツを二枚買っただけという、私にしてみれば信じられないほどおジミな旅行であった。

その替わり、いいオペラはふんだんに楽しめた。ペーザロでのロッシーニ音楽祭。ここで毎晩、街の劇場へ出かけた。そう大げさにしなくてもいい、ということだったので、持っていったのは何枚かのジル・サンダーのワンピースである。海外だとノースリーブがあたり前のようになるので、二の腕をスカーフで隠したりはしない。今回のダイエットは、脚も細くなったが、腕も細くなっているではないか。ジッパーを上げるのに苦労していたワンピースも、今はするする……。

びっくりしたのは、チョロランマと呼ばれていた私のクローゼットから、出てくる、出てくる、お宝の山。みんなサイズがきつくなって、ほとんど手を通さないまま諦めていたものばかりだ。もちろんラインが変わったものも多いが、シルクのシンプルなブラウスやスカートはどれもいける。ダイエットのおかげで、私はものすごい衣裳持ちになったのである。だからイタリアでお買物出来なくても、そう残念ではなかった……。なんて言ってたら、香港買物ツアーの誘いが。あと六キロ落として行くか!!

エーゲ海に浮かぶ日

イタリア旅行は続く。

知り合いばかり九人でツアーを組んだのであるが、中に一人独身の男性がいた。バリバリの弁護士で、東大中退だそうだ。なぜ中退かというと、途中で司法試験に受かったからだそうだ。

が、経歴から連想するダサさはなく、なかなかおしゃれなイケメンである。私のブログで紹介し、

「三十六歳、独身、弁護士」

と書いたのであるが、これといって読者からの反応はなかった。みんな気取ってる

じゃん。私だったら、

「マリコさん、絶対に紹介して」

と書き込みするんだけどな。そう、チャンスはどこにあるかわからないんだもの。

彼も、

「結婚はしたいけど、若い女の人と知り合う場所がなくって」

と言って、その気はありそうだ。

ところでこの弁護士、行動派のスポーツマンである。私たちはベローナの野外オペラを観て、次の日、日本に向けて帰ったのであるが、彼はひとり、ツアーから離れてシチリア島に旅立った。なんでも八月いっぱい休暇をとったので、気ままにイタリア中を旅するのだそうだ。行先も宿も決めていない。が、語学も出来るし、お金もある。何より旅慣れてるから別に不安に思っていないようである。行った先々で、レンタカーを借りて、気の向くまま旅行するんだって。前日まで、

「シチリア島にしようか、それともいっそスペインまで飛ぼうか」

と悩んでいたのであるが、その日シチリア島までのチケットが取れたので、そっちにしたみたい。

こんな人の奥さんになったら楽しいだろうな。休みとなれば二人で、世界中、車で

いろんな旅をするのだ……。

さて前の土地、ペーザロでのこと。イケメン弁護士は言った。

「せっかくだから、マリコさん、アドリア海で泳ごうよ。太平洋はあってもさ、アドリア海で泳ぐなんて経験はめったに出来ないよ」

彼は自分用のスキューバダイビングのセットを一式持ってきているのだ。私も一応、水着を持ってきているのだが、若い男性の前でどうしてそれを着られましょうか。おまけにもう一人の男性も「泳ぐ、泳ぐ」ということになってついてきたのである。

私は水着の上にワンピを着、海岸に出かけた。男の人たちがチップを払い、ビーチパラソルを立ててもらった。まるでやる気のない若い男のコが、ガムをくちゃくちゃ噛みながら、いちばん後ろに立ててくれる。そしていざとなると、

「あのー、私、やっぱりここにいて荷物番をしてる」

本当にイクジがない私である。が、やっぱり男性の前で、水着になるのは恥ずかしい。お尻も垂れちゃったし、ウエストは行方不明だし……。

ところが砂浜のチェアに寝ころび、まわりを見てびっくり。なんだかデブのおばさんばっかりじゃないか。私なんか、充分スタイルのいい女として通りそう。でもないか……。まあ、目立つこともなさそう。

こっちの女性はみんなビキニなのであるが、お腹なんかパンツの上にのっかってる感じである。おまけに白人女性の肌は弛《ゆる》みが早いらしく、たっぷんたっぷん揺れるのだ。その白いたぷたぷした太ももを、大開きして寝ころび、本を読んでいるのだから、ヤマトナデシコの私はただ驚くばかり。

「私ってなんて謙虚なのかしら」

これだったら、水着になっても本当によかったじゃん。

あとでわかったことであるが、ここペーザロは、うんと大衆的な海水浴場。家族連れとか、退職した中高年のカップルが多いようである。私はかつて世界のおハイソなリゾート地に行ったことがあるが、ああいうところには、女優と間違えるようなビキニ姿の美女がいっぱいいだ。

ハワイでも高級ホテルへ行くと、プールサイドには、そういう白人のものすごくスタイルのいい女性たちが、サングラスをかけて横たわっている。ああいうところは、本当に気後れしますね。何度ビーチウェアが脱げなかったことであろうか。今回もイタリアのリゾート地と聞いて、ちょっとビビったが、どうということもなかったみたいだ。

ところで水着姿といえば、二ヶ月で十一キロ痩せた私のもとに、続々と心配のメールや電話が。

「若い時ならともかく、そんなに急激に痩せると弛むよ」

それについては抜かりない。顔は週に一回、田中有久子先生に上げてもらっている。そしてものすごく細くなった、というよりも何年かぶりに隙間が出来た太もも、ならびに脚は、テレビを見ながらボディクリームでマッサージをしている。それからお風呂上がりに必ず冷たいシャワーを浴びて肌をひき締める。

おそらく来年の夏は、水着もいけるのではなかろうか。ビキニは無理としても、パレオ付きといったオバさんご用達水着でもない、ワンピースのカッコいいやつ。そして海は出来たらエーゲ海なんかいいな。もう決して、荷物番をしない人生。来年はきっとかなってる。

全部いただきます！

テツオからメールが入った。

「新聞の写真見てびっくり！　ゲキ痩せじゃん。年増の綾瀬はるかみたい」

私は嬉しさのあまり、ついこんなメールをうった。

「実は●尾●から、前にもらったクスリ飲んでんの」

もちろん冗談である。

さていろんな人から、

「そんなに痩せて嬉しいでしょ」

と言われるのであるが、今度の場合、あまりにも短期間なので実感がわかない。そ

れに、

「毎日ヘルスメーターにのって、一喜一憂することはありません」

というドクターの指示に従い、体重も測らないようにしている。二週間に一度、クリニックに行った時だけだ。だから今までのダイエットのように、自分の体の変化がわかっていないのだ。あまりの急激な痩せ方に、心と体がついていかない。こんなことは初めてである。

靴がゆるゆるになったことは前にお話ししたと思うが、おととい、かなり高いヒールのパンプスを履いて外出した。用を終えて帰ろうとしたら、地下鉄の駅がすぐそこにあるではないか。行きはタクシーで結構かかったから、ちょっと節約しなきゃと歩き出した。ところが、階段を上がるも、下がるも、靴が脱げてしまい、そのおっかないことといったらない。最後には手すりにつかまり、そろそろと下りたのだ。

私は家に帰るのをやめ、そのまま地下鉄で表参道へ行った。そしてプラダのショップに駆け込んだのである。

「小さいサイズの靴ください！」

いろいろなところを試したが、プラダの木型が幅広足の私にいちばんフィットする。ここのは横に余裕があるのだ。しかもここのプラダ表参道店は、大きなサイズが入ってくる。39が豊富なとこなんてめったにない。たいていのところが38までだ。

私はこのあいだまで38ハーフだったのであるが、太るにしたがって39しか履けなくなっていた。そして今、それがゆるゆるになっている。

試しに38ハーフを持ってきてもらったが、やはり大き過ぎる。そして38にしてもらったらぴったりではないか！　わずか二ヶ月で一サイズも足が小さくなっていたのである。嬉しくて、というよりはこの場合、必要に迫られて38の靴を四足買う。今年トレンドの赤のパンプスもね。エナメルでとても可愛い。

洋服を試しに着たら、ワンサイズ落ちている。ジャケット、ニット、スカートも、そのサイズでするすると入る。これらも包んでもらう。

それにしても、春先に買ったばかりの大量の靴をどうしたらいいんだろう。靴フェチの私は日本でも買い、シカゴのバーゲンでも七足買ってきたのである。私は山梨の親せきのコに、メールをうった。このコも大足である。

「ヒールのついた靴履く？　みんなゆるゆるになったのよ」

いつもカジュアルな格好をしているコなのであるが、私のヒールものを全部引き取ってくれるということでひと安心。

さて、表参道に来たからには、次はロエベへ行こーっと。私は青山通りを渡る。

痩せたら絶対に着たいものがあった。それはロエベの革のスカートである。

実は私、革ものが大好き。革ジャケもいっぱい持っているが、スカートとかタンクトップといった、体にぴったりしたものに目がない。が、この何年かはそうしたものをずっと諦めていた。

ロエベの黒革のスカートを試しにはいてみた。ここの革はやわらかくて、肌にはりつくみたいだ。そして鏡の前で振り向くと、見よ、革のマジック！　私のお尻がきゅんと上がって、ものすごくセクシーに見えるではないか。だから革のスカートって大好き。

しかし痩せるって嬉しいなァ。どこのブランドのものもばしばし入るんだから、ついでにシルクの青いドレスをお試ししたら、まるで私のためにあるようではないか。ラインがすごく綺麗で、たちまちグラマスな女に変身だ。お高いけど、これもいただきます！　二店まとめて、カードの合計は……。キャッ！　が、こういう買物が出来るのも、痩せたおかげである。

そして今日、仲よしの友人に会った。彼女に私が行っているクリニックを紹介したところ、やはり三キロ痩せたそうだ。

「すんごい、すんごい」

と、二人で手を取り合ってキャッキャッ喜んだ。彼女は今までいろいろダイエットをしてきたが、すぐにリバウンドをしてしまう。

その用心として、大きめの服は残しておくそうだ。そこへいくと、私は痩せた瞬間、嬉しさのあまり、パーッと処分してしまう。ダンボールで、田舎の親せきのところへ送ってしまうのだ。だから太り始めると、もう着るものがなくなってしまう。靴もきつくて履けなくなる。が、そんな繰り返しももう終わり。彼女も私も心を入れ替えたのだ。

二人で約束をした。

「もうちょっと痩せたら、ドルガバに行こうね。セクシー服に挑戦だよ」

聞き上手がモテるワケ

美人のブラックホール

テレビであるCMを見るたび、いつも不思議に思うことがある。

「美人って、どうして鼻毛がないのか!?」

すっごいキレイな女優さんの顔がアップになる。カメラは下の方からのアングルだ。が、彼女は鼻の中まですっごく綺麗で、うちのテレビの大画面で見ても、黒いものが何ひとつない。それどころか、鼻の中の皮膚まで薄桃色だ。

私は幸い、ということもないが、鼻が低く穴は下を向いている。だから中を見られる可能性はすごく少ない。それでも時々はチェックをして、専用のはさみで処理をしている。

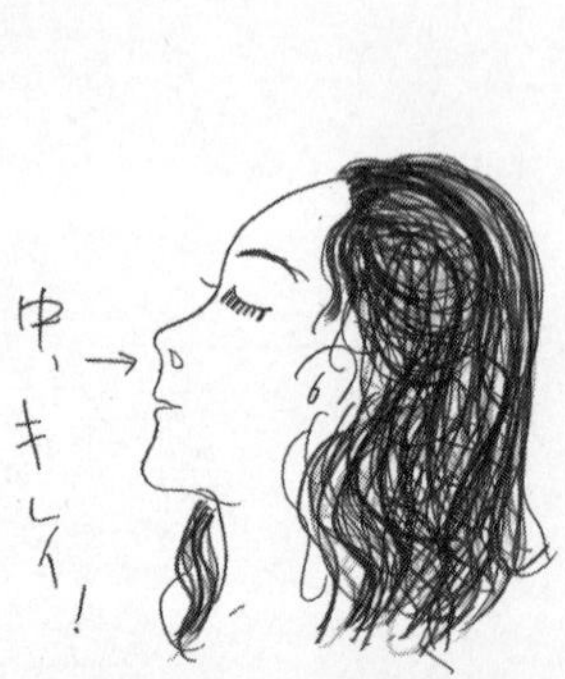

私の友人で、外国人みたいな鼻をしている女がいる。

「整形してるの?」

と尋ねたら、

「整形で、こんなカッコいい鼻が出来るわけないでしょ」

と怒られた。そういえば子どもの頃から知っているが、つんと上を向いた格好いい鼻であった。格好いい鼻は、鼻の穴の形も格好いい。私なんか、ぼんやりした丸ボーロだけど、彼女は柿の種、三十度斜めに左右対称なのは見ていて惚れぼれする。

そう、そう、遊び人の男の人に聞いたら、女の人とそういうことになる時、まずいちばん目立つのは、鼻の穴だそうだ。そうですね、上からの位置だと、すぐ目の前にちょっとあえいでいる鼻の穴がある。そういう時、私のような丸ボーロだとやっぱり幻滅で、柿の種じゃないとイヤだそうだ。

「だいたいさ、丸ボーロの女となんかシタことないもん。美人はたいてい柿の種してるもん」

だそうである。

それにしても、美人女優の鼻の穴の中は、どうしてあんなに美しいのか。編集者に聞いたところ、

「やっぱりさ、鼻毛切りでチョキチョキやってるよ。私、現場、見たことあるもん。鼻毛ない人なんかいないよ。それにさ、今はパソコンの技術が進んでるから、画像をいろいろやっているかもね」

というとことであった。

が、知りたいことはまだある。

芸能人は、どうして腋《わき》の下がキレイなのか。

最初から何も生えてなかったように、ツルンとしている。シロウトの女の人だとああはいかない。脱毛してもらっても、なんとはなしに黒ずんでいたり、ボツボツがあるコは多いものだ。それについては、このような証言がある。

「すんごく上手なとこで脱毛してるだろうし、それに撮影の時は、薄くファンデーションを塗っているはず」

ということであった。これでひとつ謎が解けた。

このあいだの日曜日、何気なくテレビをつけたら「全日本国民的美少女コンテスト」というのをやっていた。出場する女の子たちの日常風景が、ドキュメントタッチでまとめられていたが、非常に面白かった。

女の子たちのお母さんが、哲学と意志を持って、いかに美人を育てようとしているかがわかったからである。あるお母さんは、小学生の頃からちゃんとカロリー計算をした、野菜をたっぷりとる食事をさせているそうだ。あるお母さんは、

「常に自覚を持って行動するように」

　ということで、歩き方を指導していた。

だから、最終審査に残り、ステージに立つ女の子たちの可愛いこと。十三、四歳というローティーンだから、化粧していない肌はピッカピカ、髪はツヤツヤ、細胞が、いちばん美しい時を迎えている、といった感じであろうか。

美少女と呼ばれる女の子の特徴は、第一に目で、みんな大きな瞳を持っている。大人と違って、アイシャドーもアイラインもない目は、清らかでかわゆい。

が、このところ私は、つい鼻に目がいってしまうのだ。そしてわかった。

「キレイなコは、子どもでもちゃんと鼻筋が通ってるんだ！」

団子鼻やししっ鼻のコなど、ひとりもいないのだ。目の大きさというのは、美醜を決める大きな要因であるが、それをひき立てているのは、やはり鼻である。一見脇役のようであるが、これが顔の印象を決めるのではないか。だから大人になってから、鼻のお直しをする人が多い。

　このあいだも、女が五人集って、

「あの女優はやってる」

「あのテレビによく出てくる、女の文化人もやってる。エステの人が教えてくれたもん」

などという話で盛り上がった。女というのは整形話で、どうしてこれほど盛り上がるのか。自分もやりたけりゃ、さっさとやればいいのだが、なかなか出来ない。それですぐヒトをあげつらうのか、なーんて言って、私もこんな業界話をした。

「女優さんがしたかしないかはさ、顎《あご》を見るとすぐわかるね。鼻を高くする時、バランスを取るために、顎を前に出すもん。それで日本人にしちゃ不自然な顎になるもん」

私の知っている医師は言う。

「が、鼻をいじっても、鼻の穴はいじれない。だから柿の種は出来ない」

あれを持っている人は、やっぱりスゴい。

二の腕見せちゃうわ
一の腕もさ
そんなことまで

急に痩せたら、いちばんの心配は、何といっても弛みですね。首は、そりゃあもう気をつけて、朝晩高い栄養クリームでマッサージ。

そして太ももが、たっぷんたっぷんしてきたので、暇さえあればここもマッサージしているが、なんかやたらハマってしまってコワイ。以前エステでやってもらった手順で、見よう見まねでやっているのであるが、なにしろ太ーい私のもも。うんと力を込めて上から下へおろし、リンパの通っているところは下から上へ持ち上げる。テレビを見ながらもするし、本を読みながらもする。ボディクリーム200グラムは、五日で使ってしまう。うちの夫は、

「テレビのリモコンにクリームがいっぱいついているじゃないかッ」

と怒ってるが気にしない。

とにかく朝、仕事の資料を見ながらマッサージ、夜はテレビを見ながらマッサージ、やり始めるとやみつきになる。わがお肉ながら、こんなに手ごたえがあり、ものすごい量のものをもみ出すのは面白い。

おかげで太ももがすべすべ。本当にシルクの手触りになった。女友だちに向かっては、

「ね、見て、見て、触って」

と、すぐスカートをたくし上げるようなヘンタイめいたことをする私である。が、彼女たちも一様に驚く。

「えー、人間の肌って、こんなにすべすべしてるもんなの、信じられなーい」

本当なら男の人に触ってもらい、同じような感想を言ってもらいたいものだ。切に願う。

男の人に触ってもらったといえば、あれは何年か前、すごい有名人の男の人（芸能人ではない）とお酒を飲み、彼を囲んで記念写真を撮ったことがある。私が傍にべったり座り、キャッキャッとなれなれしく腕を組んだら、その人ったら、私の太ももを

撫でまわすではないか。世間では、うんと立派な人として通っているのに意外であった。まあ、私も太ももぐらいで騒ぎ立てるようなトシでもなく、そのことは自慢話のひとつとして終わった。

その日も私は、指にうんと力を込め、よっこらしょと、私の太ももをマッサージクリームでひき上げていた。読んでいるのは、私のブログのファンサイトへの書き込みである。プロバイダーの人が、プリントして送ってくれるのだ。なんかさ、私のダイエットに関して、批判的な声がちらほら。

「グラマーなマリコさんが好きだったのに、痩せてがっかり」

なんていうのはまだ可愛いんだけど、

「薬で痩せて、そんなに嬉しいですか。なんか悲しくなります」

なんてのも、ちょっとむかつく。食欲抑制剤を使うのは初期のうちだけで、あとでもらうのは、代謝をよくするやつと、脂肪をカットするサプリ。皆さんもよく飲んでるやつですよ。

「こんなことまで言うことないじゃん」

さらに力を込めてマッサージする私である。そしてこの頃は二の腕も強くやるようになった。ノースリーブを着たいからだ。

秋や冬にノースリーブを着ると、女ぶりがすごく上がる。いかにもおしゃれな人、という感じだ。

東京はパーティシーズンにも入ったが、オペラシーズンでもある。今年（二〇〇九年）の話題は、何といっても、ミラノ・スカラ座の引越し公演。私は「アイーダ」と「ドン・カルロ」の二枚を買った。S席じゃないのに一枚九万円もするけれど、これほどダイナミックな舞台を観れば当然という感じもする。何十人という歌手が、古代エジプトの豪華な舞台装置の前で歌う。ものすごい人気で、NHKホールは三階席まででいっぱいであった。

私はうんとおしゃれをしていくつもりだったのだが、その前に講演会があり、スーツ姿なのが残念であった。

が、あさっては「ドン・カルロ」である。このあいだ買ったロエベの、シルクの青いワンピースを着ていくつもり、ウエストのところに大きなリボンがついていて、ものすごくかわゆい。こうゆうのが難なく着られるようになったんだから、

「そんなことまでして」

も嬉しいわよッ！

オペラは早い時間に終わるので、そのままパーティにも出る予定。昨年作っといた

ミンクのボレロを羽織ろうかな。パーティのあとは、仲のいい友人とお食事をするつもり。銀座の割烹にしようか、それとも青山のイタリアンにしようかと、あれこれ思案する私である。

なんてことを書いてたら、秘書のハタケヤマが銀行から帰ってきた。

「ハヤシさん、いろいろ振り込んできたら、もう今月それだけです。原稿料振り込まれるまで、それでやりくりしてくださいね」

通帳には涙が出るような数字が……。

ところで二十代の人に、これからいちばんやりたいことはとアンケートし、「貯金」が第一位となり、心底驚いた。お金は大切であるが、素敵なものを着たり見たりするのは、もっと大切。そう思って今まで生きてきた私である。文化の秋に、なんかひとつ買うか、見てほしい。太ももも細いうちにね！

服も〝CHANGE〟

シルバーウィークの二日め、夫が怒鳴った。

「このハンドバッグを何とかしろ。窓が開かなくなってるじゃないか」

うちの二階廊下のいきどまり、エレベーターの傍に、バッグ用の棚をつくった。が、ご存知のように、バッグが大好きな私。どんどんたまって、棚からはみ出し、窓の下の飾り棚も占領しているのである。

これまたご存知のように、片づけが大の苦手の私だが、仕方なく整理を始めた。まず何となく積んであるエルメスの空き箱を何とかしなきゃ。ということで、中を開けていったら、びっくり。な、なんと、買った記憶もない、タグがついたままのエルメスのニットアンサンブルが入っているではないか。入っていてもタオル、と踏んでいた私は大喜び。

ついでにクローゼットの中も分け入ることにした。もしかしたら、すごいお宝があるかもしれないということの他に、もうひとつ大きな理由があった。

つい先日のこと、ダイエットのことである人と対談していたら、彼女が言った。

「私ってすぐにリバウンドするんですよね」

クローゼットには、今すぐ着る服、痩せた時の服、太った時の服と、三通りのものがあるとか。

「だから、クローゼットがいつもいっぱいになっちゃうんですよ」

なるほど、私もそれでクローゼットがパンパンなのかと納得した。

私はこの何年か、ずうーっとジル・サンダーの38サイズを着ていたのであるが、三年前から太り出して40になった。が、この二ヶ月の激痩せで、40の服がぶかぶかになってきたのである。久しぶりに着たジャケットは、肩のあたりにへんなゆるみが出る。

「大丈夫ですよ、別にヘンじゃないです」

とハタケヤマは言うが、はっきり言ってそうおしゃれでもなく、スヌーピーの健康サンダルを履いている女の言うことを、誰が信用出来ようか。それを着ていった先で、

たまたま会ったスタイリストに見てもらったところ、

「やっぱり肩のところが合ってない。ハヤシさんは写真に出ることが多いから、ちゃんとジャスト・フィットのものを着てね」

ということで、今回40サイズのものは、すべて処分することにした。ダンボールで、山梨のイトコたちに送ることにする。

その替わり、クローゼットの奥に眠る38サイズのものたちを点検する。三年という歳月はむごいもので、お高い服も流行遅れになっているではないか。シンプルなジル・サンダーのジャケットは、形がそれほど変わらないと思いきや、肩や長さが微妙に古い。

私は三千五百円のユニクロの夏ワンピースの上に、ジャケットをとっかえひっかえ着て選別していく。十数着のうち、半分ぐらいはダンボールへ。驚いたのはサイズ36のパンツを見つけたことだ。はいてみたらジッパーが上がらない。本当に私はこれを着たんだろうか……。もっとダイエットをしようと固く心に誓う。

そしてジル・サンダー以外にも、プラダ、グッチ、ヴァレンティノなんかも見つけた。花模様のフレアスカートや、シフォンスカート、こんなもん、二年前に着てたかと思うと、恥ずかしい。どうしてこんな可愛いものに手を伸ばしたのであろうか。

そして圧巻は、海外で買ったとみられる、アルマーニのカクテルドレスであった。白に近いグレイで、胸からウエストにかけて、細かいシャーリングがほどこされているこれは、七、八年前に買ったものではなかろうか、まだ値札がついている。

ワンピースを脱ぎ、ブラも取って、さっそく着る。胸開きが大きすぎて、かなり大胆だ。細い肩紐が色っぽいぞ。しかし、私はこれをどこに着ていくつもりだったのか。謎が残る。

まったく服を買った時の心境を考えると、なんだか自分がわからなくなってくるではないか。私は永遠に「賢い買物」は出来ないに違いない。

さて、そのアルマーニのドレスには、なんか合わせたい。私は上海で買った、うんと安いけど、ポケットがついていてかわゆいミンクのストールと合わせた。あら、ま、これってマリリン・モンロースタイルではないか！　これを着てひとり鏡の前で踊っていたら、

「頭がおかしいのかッ」

と、また夫に怒られた。

そしてシャネルスーツも何点か出てきた。十年前、和田式ダイエットで二十キロ痩せた私は、シャネルの40サイズを着ていた。が、このあいだパリに行って試着したら、

44がやっとだった。いくらシャネルでも、44の服はとたんにおばさんくさくなる。発見したそれは、サイズ42のスーツであるが、やはりダボダボしているのである。我慢して着るか、それともダンボール行きか。ファッションショーをしながら、本当に悩む私。

そしてこんなことをしているうちに、二日間を費やしてしまった。しかし痩せたことで、クローゼットに眠っているものの多くが目ざめたのだ。でも新しい服は欲しい。来週、女三人で表参道買物ツアーに出かけることにした。

弾丸お買物ツアー

秋も深まり、いよいよ本格的なお買物シーズンが始まった。

まあ、いつでも私の場合は、お買物シーズンであるが、今年は意気込みが違う。そう、ダイエットに成功したため、手持ちの服がすべてだぶだぶになったのだ。ゆえに、お金が続く限り買わなくてはならない。

今年、私がどうしても手に入れたいのは、ライダースジャケットである。いま、表参道を歩くと、このライダースにワンピースという組み合わせを、みんな制服のように着ている。あまりにも多いので、これってどうよ、という気分になる私。うんと良質の革のライダースで、もっと大人の着こなしは出来ないものであろうか……。

さて私は買いまくり、ファッション誌を読みあさっているわりには、センスがイマイチ。いやイマふたつ。これは自分でもわかっている。デブだったことが、大きく原因していた。組み合わせようと思って取り出したものが、キッキッで諦めたことが一度や二度ではなかった。しかし、今やそれもすべて過去形。もうたいていのものが着られる私にふさわしいショッピングをしなきゃ。

そんなことをホリキさんに話したら、

「じゃーみんなで行こー」

ということになった。みんなというのは、仲よしの中井美穂ちゃんのことだ。美穂ちゃんも、私と同じクリニックへ行き、三キロ痩せた。すごくすっきりしてる。

まずは飯倉の和食屋さんでランチをとりながら、いろいろ相談。

「ねえ、今年ライダース、どうしても欲しいんだけど」

「私は昔のコム・デ、着てるけど、やっぱり今年は必要よね」

ずっとアンアンの編集長をしていて、今はフリーのエディターとして大活躍中のホリキさんは、昔から私のおしゃれの師匠である。私とそう年は違わないのに、ストリート系も大人の味つけでちゃんと着こなしてしまうのだ。

ランチの後、三人で久しぶりにジル・サンダーへ。ここでグレイの素敵なワンピースを買う。ついでに見たのが、一枚仕立てのこれまたグレイのコート。

「コレクションと同じもので、日本にはこれしか入ってきません」

とショップの人は言う。

「今年は同じ色を重ねるのが流行だから、ちょっと着てみて」

試着室から出てくると、おおとどよめきの声。やっぱり痩せてよかったと、心から思える瞬間ですね。背丈がある私には、そのグレイのコートとワンピが、わりと似合ってるわけ。袖丈もお直しなしでぴったり。高いヒールの靴を履いていたので、バランスもいいしさ。これでサングラスでもすれば、女優っぽい気分になれるかも。それから、ジルお得意のフレアスカートも買い、みんな家に送ってもらうことに。

おかげで手ぶらで、次のプラダに向かった。このあいだ、ここで私たち三人は、かなり散財したばかり。

「今日は靴だけにしましょう」

ということで二階へ。そして今年（二〇〇九年）のマストアイテム、ウェスタンブーツをあれこれ選ぶ。

そして痩せたことで、おごりたかぶっていた私は、ホリキさんの無理よ、という忠告もきかず、ニーハイに挑戦。な、なんと、ふくらはぎから入らないではないの。私の痩せたと、世の中のふつうサイズとでは、ものすごく差があることを実感した。

そして私が選び出したのは、ショートブーツのやや長めぐらいのやつ。しかしホリキさんに言わせると、

「いちばん着こなしがむずかしい長さ」

ということで、鏡の前でいろいろ教えてくれる。

「今のスカート丈だとぜんぜん合ってないよ。もうちょっと短い、ひざが半分見えるぐらいの長さにしなきゃ。それで長いスカートにするんだったら、ブーツとの境目は見えなくする長さね」

などと言っているうちに、ホリキさんもそのブーツを気に入ったみたい。お買上げになった。

「やっぱり私も買おうかな」

と美穂ちゃん。なんと三人お揃いのブーツを買った。こういうのって、高校生みたいですごく楽しい。

「私さ、ついでに新しいデニムも欲しいな。そうそう、肝心のライダースジャケットもさ」

ところがもう二時半。秘書のハタケヤマがしっかり三時からのスケジュールを入れ

ている。これからミュウミュウなどに行くという二人に別れを告げ、私はブーツを持って帰ることに。

「暮れには絶対香港に行こうね」

「そうだよ、お買物ツアーに行かなきゃね」

ということで、三人で二泊の旅行に行くことが決まっている。こんなご時勢だから、少しは貯金をしようと思うものの、私の物欲は衰えることはない。ま、ダイエット成功直後は仕方ないかも。

ちゃらいのバンザイ

最近、取材がらみで、エリートと呼ばれる人たちと食事をすることが多い。特に外資の人たちとよく会う。私だけだと申しわけないので、若いコも誘うから、なんとなく合コンの雰囲気が漂ってくる。

外資の人たちって、東大、京大ばかりで、その偏差値の高さといったらない。おまけにルックスも、進化していて驚くばかりだ。

中にはどう見ても、六本木でパーティを取り仕切ってる、お坊ちゃん大学の学生、という人がいる。胸元からチェーンがのぞき、ぶっとい指輪をしている。そして外資

の人たちって、

「女のコは外見で選ぶ」

んだそうだ。少なくとも、私の会った人はみんなそう言う。企業の受付嬢と結婚する例はとても多いそうである。

「美人が好き、といっても、モデルやタレントとつき合う度胸もヒマもない。とにかく忙しくて時間がないから、手っとり早く、いちばん手近な美人を」

ということらしい。

そして、やはり結婚しても家庭を大切にする時間はないので、離婚はとても多いそうだ……。

などということを聞いても、もちろん私はメモしたりしない。一応、合コンであるからして、うんと飲み、うんと食べる。

よく、合コン帰りのグループが、店を出たところで、ケイタイをチュッチュッ赤外線キスをさせているが、あれはとても微笑ましい光景だ。すべてのことが、あそこから始まるのである。

ついこのあいだのこと、仲よしの男性から連絡があった。

「ねぇ。〇〇さんとか、△△さんとかと飲もうよ」

○○さんというのは、有名な学者さん、△△さんというのは、当選したばかりの民主党議員。やや高級な大人合コンと思っていただきたい。ちなみに△△さんはまだ若く、独身である。

そして当日、早めに会場に行ったところ、若い女性が三人いるではないか。

「今日の合コン取り仕切ってくれた、広告代理店のA子さん。東大の文学部卒だよ」

B子さんは、A子さんの桜蔭の同級生、B子さんとC子さんは、東大法学部の同級生だって。おお、すご過ぎる。

やがて男性が揃い、私の友人は後から来た人に、彼女たちを紹介する。

「広告代理店にお勤めのA子さん。東大文学部卒です」

「コンサルティング会社にお勤めのB子さん。東大法学部卒だよ」

「アメリカの投資銀行にお勤めのC子さん。東大法学部卒」

その後で私も自己紹介した。

「ハヤシマリコです。日大卒です」

なんか笑いがとれずに残念。

そしてみんなでワインや料理をとりながらお喋りをする。ここはカラオケも出来る個室なのだ。

世の中の、本当のお金持ちというのは、こういう遊び方をするのだなと、つくづく思う私。このカラオケ個室、ただの個室ではない。会員だけが使える個室なのだ。

某複合ビルの中の、あるイタリアンレストラン、一見、どうということもない店であるが、ワインセラーの奥に扉があり、カードを差し込まないと開かない。そこを開けると、トイレがあり、もうひとつ扉が。ここもカードなしではダメ。このカードは、会員だけが所持できるのである。会員といっても、お金を出して、このレストランとカラオケ個室をつくった、いわばオーナーたちですね。

「ご用があったら、このブザーでお呼びください」

と料理を置いたウェイターは出ていってしまう。完璧な個室になるのだ。

カラオケボックスで、キスをする時に、照明を暗くしたり、カメラの死角になるところを探す人は多いと思う。が、ここではそんな心配は何もない。

「ここって、女の人を連れ込んでも大丈夫なとこじゃん」

と私が言ったら、

「それが目的でつくったんだから、あたり前だよ」

と友人。調度品もデラックスだし、スクリーンもすごく大きい、好きな人と二人、ここでいちゃつきながら、歌なんか歌ったら楽しいかも。

もちろんその日の私たちは、まじめに政局について語り合った。新人議員と、外資の女性がいい雰囲気。同じ東大法学部でいいかも。

しかし、やはり合コンにつきものの、華やいだ雰囲気がまるでないのだ。なぜか。ちゃらい人が誰ひとりいないからである。

ちゃらい。軽薄というのとも少し違う。軽いは軽いで、みんなを楽しませるサービス精神も持っていなくてはならない。みなを盛り上げ、カップルをつくりたがる人。やっぱり男も女も、東大卒ばかりの合コンって、どこかいびつになると、私は思ったのである。

マリコさまさま

このあいだイタリアへ、オペラツアーに行った時のことは、既にお話ししたと思う。六人の知り合いで構成したグループであったが、三十六歳の独身弁護士とは初対面であった。イケメンのうえに、東大中退という。

「花嫁募集中って、書いてくださいね」

ということで、私のケイタイで二度もパチリ。ブログにいっぱい出したのに、私のまわりで「紹介して」という人は誰もいない。

そのうちに彼から電話がかかってきた。

「イタリアに行く前から、なんとなくいいナ、と思っていた女性と、最近つき合うことにしましたので、もう心配してくれなくても結構です」

つまり、タッチの差で無効になったわけだ。

「どうしてイマドキの女の子っていうのは、積極性がないのかしら。よっぽど自分に、自信があるのね」

とぷりぷりする私。この私なんか、「婚活」などという言葉が流行る前から、そりゃあ頑張ってきた。なぜならば、私は「人間の縁」というのは、はかないようで、ぶっとい、どこがどうころんで、運命を変えるかわからない、と考えていたからである。

二十代の頃、仲よくなった年上の女性が、こんなことを言った。

「うちのダンナの弟って、京大を出て天文学をやってるんだけど、なかなか結婚出来ないのよ」

彼女に言わせると、天文学というのは、星や月を観察するため、夜、ずっと外にいる。そのため、ふつうの人づき合いが全く出来なくなってくるそうだ。

「三十五歳で、なかなかいい男なんだけどねぇ……」

「はーい、はい。私、立候補します！」

学者さんなんか、頭がよくていい感じ。それに夜いない、っていうのもグッド！

いくら奥さんが夜遊びしててもいいわけでしょ。その頃私は、コピーライターとしてもうかなり稼いでいたので、男の人におうちで家事をやってもらえばもっといいナ。

ということで、私は自分の写真なんか送ったりしたのであるが、それが海を越える前に彼の方が日本に来た。天文観察で滞在していたところで知り合ったコロンビア人の、フィアンセを連れて……。

ところでおとといのこと、私は故郷山梨、勝沼にある原茂《はらも》ワインというところにいた。ここは私の大好きな場所。古い屋敷を利用したおしゃれなカフェがあり、おいしいパンやキッシュが食べられる。ここのテラスで、白ワインを飲んでると、甲府盆地の山並がすぐそこに見えて最高だ。

私のブログも、月間二百万ページビューあるおかげで、お客さんの中には、

「ハヤシさんのブログで見たので！」

という人がいてびっくりする。そのうち、ものすごくキレイな女の子が近づいてきた。

「ハヤシさん、お久しぶりです。タイでご一緒したA子です」

そうそう二年前、タイのチバソムで「美女入門五百回記念」のツアーが組まれたのである。その時、読者モデルとして四人が選ばれ、一緒に楽しい時を過ごした。どの

人も、才色兼備で、しかも私への熱烈なファンレターを書いてくれた人たちである。

A子ちゃんは、確かOLさんだったはず。

「今日は、カレと来てるの？」

と、あてずっぽうに聞いたら、

「そうです。ちょっとォ」

と彼を呼んだ。あかぬけた脚の長い男性が来た。挨拶をかわしてびっくり。マガジンハウス・〇〇イ編集部にいるという。

二人が去った後、私は大あわてでホッシーにメールした。

「ちょっと、タイに一緒に行ったA子ちゃんがあなたの同僚と来てるわよ。どうやら恋人らしいわよ」

レスがすぐにあり、

「そうなんです。ラブラブで、もうじき結婚するみたいですよ。僕がキューピッドで紹介したんです」

どうやらこういうことらしい。あの旅がきっかけで、A子ちゃんはホッシーと仲よくなり、職場も近いことから何度か飲み会に誘われた。ホッシーは既婚者なので、自分の後輩を連れてきて、そこで二人はつき合うことになったようなのである。

見よ、本心かどうかわからないが、ハヤシマリコあてに書いた一通のファンレター。それが選ばれて、彼女は楽しい海外旅行をゲットした。それだけでなく、人生の伴侶も手にしたというわけである。人の縁は運命を変える、というのが、この一件でおわかりであろう。

そういえば、私は昔から、随分人のために尽くしている。食事会や飲み会に、知り合いの中から、いちばん可愛いコを誘う。すると一ヶ月ぐらいたつと、

「あの女の子と、あなたの友だちが一緒のところを見たよ」

という目撃情報が入る。そう、私がきっかけをつくってあげたのである。しかし大人の私は、もちろん嫌な気分にはならない。だけどうまくいったら、ちょっと報告だけしてね。その最低ルールさえ守ってくれたら、あとは何をしてもいいからさ。

ブラ放浪記

かつては「国民的美人作家」（!?）と言われていた私であるが、このところデブになってくすぶっていた。

しかし見よ、今回のダイエット成功による大反響。いろいろなところからグラビア撮影申し込みがいっぱい。おほほほ、やっとみんな私の実力に気づいてくれたようだ。

そしておとといは、まず第一弾としてアンアンの撮影が行われた。カメラマンは、私を撮らせたら日本一と言われる（あまり自慢にもならないか）、マガジンハウス写真部チーフ、天日《てんにち》さん。ヘアメイクもばっちりしてもらい、このあいだジル・サンダーで買ったグレイのワンピースを着た。アシンメトリーの、ものすごく可愛いデザイ

ン。

しかし胸のあたりに、へんなデコボコが。そお、ブラのサイズが合っていないのである。

痩せて洋服や靴はさっさと買い替えたくせに、とても大切なことを忘れていた。そお、ブラのサイズが違っていたのに、買い替えなかったのである。何ていおうか、CカップをBにすることの淋しさがあったのだ……。

しかしブラに隙間が生じ、それが洋服にくっきりとあらわれている。とてもみっともない。天日さんは、

「あとで何とか修整するワ」

と言ってくれたが、恥ずかしかった。

実はこの私、ブラを買うのにどれほどイヤな思いをしてきたことか……。語るも涙の物語である。

私はずっと昔から、インポートものを身につけていた。あるブティックで買っていたのであるが、そこが閉店してしまった。それでデパートのランジェリー売場に行ったのであるが、某老舗デパートでは、チーフみたいなデブのおばさんが、サイズを尋ねる私に向かって、

「私の方が太ってるけど、このサイズで大丈夫ですから」

なんて言うのである。おまけにショーツのMサイズを何点か買ったところ、若い店員が二人がかりで包みながら、

「えー、Mでいいのー」

なんてコソコソ話してる。

というわけで、今度は新宿のI勢丹によったところ、

「アンダー95センチ以上のものは、ここじゃなくて、下の売場に行ってください」

だと。そお、Lサイズクローバーコーナーの一角に、Lサイズランジェリーショップがある。そこに行けというのである。

私は国内でさんざんイヤな思いをしたので、ブラを買うのが億劫になってしまった。そして昨年、アメリカで大量買いしたのである。アメリカの下着売場は、95、100なんてサイズがいっぱい。しかも「二枚買うともう一枚はタダ」と書いてあるところが多い。うれしくてたくさん買い漁った。しかしご存知のように、アメリカのものは色気がない。ベージュで大きいカップのものばかりだ。いかにも「乳あて」といった感じ。

私はヨーロッパの、パリやローマ、フィレンツェで買った、工芸品のような下着を

思い出す。シャンパンカラーで、レースがいっぱいついた美しいブラの数々。若くて独身の頃、〝非常用〟に、いっぱい買った。あの頃は〝勝負下着〟などというミもフタもない呼び方をせず、奥ゆかしく常ならぬ日のためにと、名づけたのである。

あんなに下着にお金と気を遣った私が、今ではアメリカで買ったカップが合わないベージュブラをつけ、ショーツはイトコがやってる訪問販売〝〇ャ〇レ〟の、これまたベージュのやつ。三年たっても、レースがびくりともしない強固なショーツ。

せっかく痩せてうんとおしゃれしているのに、これじゃちょっとまずいナーと思っていたところ、友だちが昨日、ホテルの中のショップに連れていってくれた。

そのホテルは、ちょっと古い忘れかけられた建物。アーケードのショップは、昭和のにおいがぷんぷんしている。

友人が言うには、

「ここは、きっと既得権ふりかざして出てかないんじゃない」

ということであった。女性のオーナーがひとりでやっているお店であったが、そこには私の好きなラ・ペルラ、バルバラ、といったブランドが、私のサイズで揃っていて、しかも三割引きバーゲン中であった。

いろいろ試した結果、長いことCかDを誇っていたカップは、やはりBになっていた！　トホホー。

しかしヨーロッパブラの美しいこと。アメリカ製の安いベージュとはまるっきり違うわ。

嬉しさのあまり、ついブラを八枚、ショーツを二枚買ってしまった。もう誰かに見せるものでなくてもいい(見せたいけど)。自分のために買うのよ！　そお、安い下着をつけてた時、どれほど心がすさんでったか思い出すがいい。アメリカ安ブラを買ってから、洗たく機でばんばん洗ってた。昔は、やさしく手洗いしてたのに。そお、内側からも私は変わる！　なんて言いながら、その日ワインを飲みまくってたら、しっかり朝一キロ増えてました。

やっぱり返して

銀座で食事した帰り、ふと「ユニクロ」に寄ってみた。

話題の「＋J」を見たかったからである。

皆さんもご存知のとおり、ここ十年以上、私のメイン・ブランドはずっとジル・サンダー。ラインと生地が素晴らしく、知的でシンプルなところが気に入っている。

今、ブランド「ジル・サンダー」はジル自身がデザインしているわけではないが、初期の彼女のコンセプトはちゃんと守られている。しかし今年（二〇〇九年）になって、ジル・サンダーとユニクロとがコラボすると聞いた時の驚き。ものすごく意地悪で早合点の友人たら、

ぐひひ…
何年ぶりかの
ボーイフレンドジーンズ
(昔そんなもんはやったに)

「ちょっとォ、あんたのいつも着ているジル・サンダー、売れなくなってユニクロに身売りしたんだって⁉」

などとどとんでもないことを言い出し、私は胸がムカムカしたもんだワ。そんなわけで、意地でも「＋J」には寄りつくまい、と思っていたのであるが、友人が行こう、行こうと誘い、つい酔った勢いで中に入った。

びっくりした。ジルのTシャツ（一枚一万二千円）より安い金額の九千九百九十円で、「＋J」は、ジャケットが買えるじゃないの‼ そりゃあ、素材はぐーっと落ちるけど、このニュアンスは、ジルそのものだ。うまくコーディネイトすれば、ジル・サンダーのイノセントな雰囲気が出るはず。

私はジャケットやスカートは買わなかったが、デニムを二枚買った。スキニージーンズとボーイフレンドジーンズは、四千九百九十円とユニクロの中では高いかも。

昨日、ボーイフレンドジーンズに、昔買ったエルメスのカットソーを合わせ、ベルトをしていたら、夫に嫌な顔をされた。ジーンズからお腹がはみ出していることがいけなかったのかナ、と思ったがそうではないらしい。

「キミみたいにお金がある人は、ちゃんとしたとこで買いなさい」

ということであった。

「金持ちのおばさんまで、ユニクロやしまむら着て得意がってるのってヤダねー」

そういえばおととい、ファッション誌の編集者たちと話していたら、みんな同じことを言っていたっけ。

「ハイブランドが売れない」

このあいだまで、高級ブランドを欲しがっていた若いコたちも、ぱったりお店に行かなくなったそうだ。その結果どういうことが起こるかというと、女性誌に広告が入らなくなる、経営が苦しくなる、やがて廃刊になる、というパターンをたどることになるのだ。私はため息をつく。

「今さあ、なんか負の環の中に入っちゃった感じがするよね」

高いものを身につけているのは恥ずかしいこと、センスがないこと、っていう空気が出来上がりつつあるもの。これって不思議、この価値観って、もう絶対的なものになっているのだ。

最近、街でバーキンやケリーを、めっきり見かけなくなったと思いません？　つまりああいうものを持つより、安くても流行の先端のものを持った方がステキ、というのが今の空気なのだ。

この私にしても、ユニクロをちゃんと着こなしている（かどうかわからないけど）、のが結構自慢かも。

「だけど、ハヤシさんみたいな人は、やっぱり高級ブランド買ってくださいよ。そうでないと困りますよ」

もちろんこれからも買いますとも。しかしこれから、インナーは「＋Ｊ」でもいいかも、とこっそり思っている私である。

そんなある日、大学生の姪っ子と一緒に、パルコ劇場へクドカン芝居を観に行った。大学で映像とシナリオを勉強する彼女を、私は密かに後継者と目している。おばちゃんの財力の続く限り、いろんなお芝居やオペラ、歌舞伎を観せてあげるつもり。しかしこのコ、前にもこのエッセイのネタにしたように、洋服のセンスが最悪であった。関西出身の派手テイストはいいとしても、色彩感覚がめちゃくちゃ。赤のチェックスカートにどピンクのバッグ、黒のタイツには茶色のこれまたチェック柄の靴、というとんでもない格好でうちに現れた時は、ど肝を抜かれ、私の持っている黒いバッグと靴を与えてすぐに着替えさせた。

が、東京に出てきて二年、すっかりシックにおしゃれになってきた。ヤンキーっぽい茶色の髪も落ち着き、その日の待ち合わせには黒いワンピースを着てきてよく似合う。もちろんビンボーな学生であるから、１０９で買った三千円ぐらいのものらしい。

しかし何かヘンなのだ。いや、ヘン、といってはおかしい。何かきまり過ぎている。チープなものでまとめているわりには、どこか高級なトレンディ感が。私はそれが、彼女の足元から発されていることに気づいた。黒に近い深いブラウンのフラットブーツ。すごくいいスエードで出来ている。このブーツゆえに、全体が、決してちゃちな感じになってないのだ。

「そのブーツ、いいねぇ。今年流行の形だし」

「やだー、今年の春、おばちゃんが、これきついからってくれたんだよ。プラダだよ」

やはりブランドおそるべし！

「ちょっと貸しな、私、足も痩せたから履けるかも。そしたら返してね」

ついセコくなり、私はパルコ劇場の椅子の上で、このブーツと格闘したのである。

女優魂に火をつけて

秋が深くなり、四国へ旅した私。

まずは高松へ行き、うどんを食べようとしたのであるが、うっかり太っていた頃の習慣で、つい「大」と頼んでしまった。すると山盛りのうどんが。その多さといったらふつうではない。食べても食べても減らないのだ。が、しっかり完食し、ついでに天ぷらもいただく。

体重はしっかり一キロ増えていた。

そして三日後、新聞を読んでいた私はびっくり。あのデブの詐欺女の記事の見出しに、「林真理子」という文字があるではないか。なんでも私のブログを見ていて、食

生活を真似していたらしい。

うーん、喜んでいいのか、悲しんでいいのか複雑な気分。なにしろ月間二百万ページビューのブログであるから、詐欺女が見ていても不思議ではない。しかしなあ……。と、うどんと詐欺女の話から、急にこんなことを言ってナンですけど、オホホホ……。私、今度、フランス政府からある勲章をいただくことになりましたの。今までもシュヴァリエという称号を与えられたこともあるが、やはり林真理子というと、フランス、ということなのかしらん。

なんか秋が深くなるにつれ、どんどんハイテンションになる自分がこわい。一キロ増えたり痩せたりしてるけど、まあダイエット後の体重はキープしているから、お洋服は何でも着られるようになった。おかげでどんどん買う。一ヶ月のカードの支払いは、あの詐欺女と同じぐらいある。が、仕方ない。十四キロ痩せてこのうきうきした気分、洋服買わないで何をするのさ。

そして舞い込んだ女優のお仕事。やっと世の中も、私の魅力に気づいたようで……、というのはウソで、私の所属している文化人の団体が、高知で三日間にわたるオープンカレッジを開くことになり、その演《だ》し物としてのミュージカルに出るワケ。

会員である秋元康さんが、

「高知に行くなら龍馬でミュージカルをつくろうよ。みんなで演《や》ろう」

と言い出し、総合プロデュースをやってくれることになったのだ。しかしうちのメンバーはすごい人ばっかなので、勝海舟には、茂木健一郎さん、龍馬を暗殺する役には勝間和代さんなんかが決まった。といっても、所詮はシロウト芝居であるから、私にも龍馬の妻、おりょうという大役がきたのである。

「だけど、シロウト芝居は見ている方がつらいから、セリフが多い重要な役は、プロの芸能人にお願いしよう」

ということで、龍馬の役は元宝塚男役トップの姿月あさとさん、語り部の役は川島なお美さんにお願いした。二人とも会員なのでノーギャラであるが、快く引き受けてくれたのである。

このあいだ本読みがあったが、姿月さんのカッコよさときたら……。セリフを読むだけなのにもう龍馬になりきって、ぞくぞくするぐらい色気があるのである。

「〇〇じゃけんのう」

と、ぶっきら棒に男言葉で語るのを聞くと、隣りに座っている私は、もううっとりとしてしまう。

この姿月さんとデュエットが二曲もあり、ラブシーンだってあるらしい。私が張り切るのはあたり前であろう。

女優に憧れない女の子はいないと思うが、もちろん私もそのひとり。美貌とチャンスに恵まれていたら、きっとこちらの道に進んだと思う。作家なんていう仕事は、ジミで楽しいことなんかあまりない。だからつい食べることに頼ってしまうのであるが、女優さんは同じ表現する仕事でも、はるかに華やかである。

「また何か、くだらないことに夢中になって……」

と、夫はいい顔をしないが、とにかく私は、歌ったり、お芝居したりするのが大好き。もし人生をやり直せるならば、どこかの劇団に入って演技を学んでみたいと本気で思っているのである。

しかし今でも舞台で活躍している姿月さんと、デュエットで歌うなどというのはとんでもないことである。とにかく歌を憶え、発声もちゃんとしてと、心はあせるばかりだ。

しかし本読みの三日前、スーパーに行った私は、いいものを見つけた。スーパーの前のビルに、一枚の貼り紙がしてあったのだ。

「発声からヴォーカル教えます。個人レッスンもＯＫ」

これだと思い、さっそく電話をかけた。そして約束の時間、ビルの前に立っていると、自転車で女の人がやってきた。「お待たせ」。
私と同じぐらいの年だと思うのであるが、ハードロックを歌っているそうだ。が、
劇団四季でも学んでいて、ミュージカルも出来るんだって。
そのビルは貸スタジオで、さっそくレッスンが始まる。
「あなたって、滑舌が悪いわね」
ということで、まずは母音の発音から。二時間みっちり。私の女優魂は、こうして
だんだん火がついていく。

遊び人が落としたい女

中園ミホ脚本、秋元康総合プロデュースのミュージカル「龍馬」のお稽古が始まった。

私は龍馬の妻、おりょうになる。毎日稽古場に向かう日々というのは私が夢見ていた世界である。そお、まるで女優さんじゃん。

そして主役の姿月あさとさんのカッコいいこと、素敵なこと。二人でデュエットを歌い、ダンスシーンもある。

そして姿月さんから低い男の声で、

「おりょう、オレがお前を守ってやる……」

言われると、もうダメ……。頭がぼうーっとなってしまう。

私はそれまで熱狂的ヅカファンの気持ちが、いまひとつよくわからなかった。が、今ではよーく理解出来る私。

この世に姿月さんが演じる龍馬ほど、完璧で美しい男はいない。そして私も夢の世界に連れていってくれるの……。

そんなことを、カウンターの横にいる中園さんに熱っぽく話す私。

「全くさー、中園さんの脚本のおかげで毎日いい思いしてるわよー」

「本当。そう言ってもらえたら嬉しいワ」

なんて言う中園さんは、相変わらず色っぽくキレイ。自他共に認める「魔性の女」である。もちろん「やまとなでしこ」「ハケンの品格」などの、大ヒットを次々と世に送り出す才能ある女でもある。

何年か前、彼女は、『恋愛大好きですが、何か？』という、ものすごく居直ったタイトルの本を出した。「恋愛のチカラだけで、私は、人生を切り開いてきた」とコピーにある。それがこのたび文庫になり、私が帯の推薦文を書いた。そのお礼として、銀座の高級店ですっぽんをおごってくれてる中園さん。やっぱりいい女というのは、食べるものが違うわ。

ところでこの本、ものすごく面白い。本当にモテる女が書いた本だ。なにしろ中園さんのモテ方というのは、昔から尋常ではなく、私はいくつかの現場を見てきた。

秋元康さんに言わせると、

「世の中には、遊んでる男がオトシたい女と、遊んでない男がオトシたい女がいるけど、中園って、絶対に前者だよな」

そうだ。実際、オヤジのころがし方なんて、見ていてホレボレする。

美人で頭がよくて、才能がキラキラしていて、ちょっと意地悪。あれじゃ、男が寄ってくるはずだ。しかもこの本によると、中園さんはこう言っている。自分がまわりの男性からどんな風に思われているかは重大な関心ごとであるが、そんなことまるっきりあてにならないんだって。女というのは、相手しだいでいくらでも自分のイメージを変えられる。その場で相手に合わせて「うんとか弱く」したり「男っぽく」したりすればいいし、そうなるもんだそうだ。だけどいいよなー。今もさ、男の前でワーンと泣いたり、へろへろに酔っぱらって家まで送らせる日々が、まだ続いてるんだもんね。しかし占いもやる中園さんは、私の手相を見て、

「もうじき、危険な恋をする」

と断言してくれた。もしかしたら……。

ところでその夜の中園さんは、いつにも増して美しかった。首すじから胸元にかけての肌が、ぞくぞくとするぐらい艶っぽい。かねがね中園さんは、

「脚本家になると、どんな美人もブスになる」

とグチっていた。連続ドラマが入ると、昼も夜もなく書き続けるので、肌がボロボロになりむくんでくるんだそうだ。が、今は肌もピカピカしてるじゃないの。

「ねぇ、ねぇ、今夜の中園さん、うんとキレイだったと思わない？」

一緒に招待されていた大石静さんに、帰りのタクシーの中で言ったところ、

「ホーント。いったいどうしたのかしら。もともと美人だけど、今夜のキレイさはふつうじゃないワ」

ということで、さっそく夜メールしたところ、

「やだー、ハヤシさんが紹介してくれたクリニックのおかげよ」

という返事がきた。

私が某クリニックに通い、十四キロ体重を落としたので、まわりがパニックになったのは、ついこのあいだのこと。「紹介して」という人が殺到して何人も送り込み、ついに先生から、

「ハヤシさんのご紹介でも、もう新しい方はお引受け出来ない」

と言われたばかりだ。が、その直前に中園さんはいち早く行き、

「ものすごくいいビタミン剤をもらってる」

というのである。

さっそく昨日診療があったので、「中園さんと同じやつを」と訴えたところ、体型も体質も違うからと言われた。なんでもあのビタミン剤は、アンチエイジングに効き、肌をものすごく綺麗にするのだが、やや太る傾向がある。だから私には使えないそうだ。

「ハヤシさんは、もうちょっと痩せてからね」

ということであった。ふーム、キレイな人は、ますますキレイになるようになってるのか。仕方ない……。

が、痩せた私は、最近女性誌にひっぱりだこ。今日も明日もグラビア撮影がある。いわば、女優の日々が続いているのである。

脱皮ものがたり

「美はディティールに宿る」

というのは、私の座右の銘である。ここんとこネイルにもちゃんと行ってるし、タイツも破けたのはすぐ捨てるようにしている（あたり前か）。ところで前から私はとても気になることがあった。それは足のカカト。ある男友だちが、こう言ったことがある。初めての女性とベッドに入った時、自分の足にあたった女性のカカトがざらざらしていて、その気がすっかり失くなったそうだ。コワくなった。

もしそのような事態にならなくても、やはりカカトはいつも綺麗に、すべすべにしておかなくてはならない。

私はお風呂に入るたびにヤスリでこすったり、高いクリームをつけたりした。冬にはその上にソックスをはいたりしたが、あまりよくならない。

しかしある日、キデイランドのコスメティック売場で面白いものを見つけた。特別の液に足を浸しておくと、五日後か一週間後に皮がぽろぽろむけてくるというのだ。さっそく買い、お風呂上がりに試してみたところ、なんと一時間も浸けておかなくてはならないのだ。ビニールのスリッパのようなものに液が入っていて、それを履きじっと週刊誌を読んだ。トイレに行く時は、液がこぼれないように、足を上げてペタンペタンと歩きいろいろ大変であった。そしてこれほど苦労したのに、私はそれっきり、その薬のことをすっかり忘れてしまったのである。

そして四日後、やはりお風呂から上がって何気なく足の裏を見た私は叫んだ。

「ギャーッ」

足の裏全体が、白くふにゃふにゃと浮き上がっているではないか。ちょっとつまんだら皮が、すーっと剥がれた。面白いけど恐ろしいようなこの皮のむけ方。つい夢中になり、ベッドの上でむいて、片手にのるぐらいの皮をためた。まるで蛇の脱皮だ。

そして次の日、お風呂に入るとまだ残っていた皮が、白くぷかぷか浮いてきてクラゲが泳いでいるみたい。桶ですくったが、かなり汚ない湯船になった。

が、これはかなりハマりそうである。

剥がすといえば、私がいつもやってもらっているヘアメイクさんがこんなことを教えてくれた。

「ハヤシさん、松やにパックっていうのがすごくいいですよ。松やにで、うぶ毛をさっととってくれるんですが、私の顔ってこんなに汚なくて毛が生えてたのかとびっくりします。私の今のイチオシです」

さっそく二日後、予約して地図を頼りにお店に行った。すると鏡がずらーっと並んでいる。なんでもこのパック、慣れてくるとみんな自分で剥がしていくんだそうだ。そうすると三千円で済むという。

私は初めてなので、五千円出してお店の人にやってもらった。額とか鼻の下を剥がす時はかなり痛い。熱くした松やにをのせ、いっきに剥がすのである。私はその剥がしたばかりの固まったものを、せがんで見せてもらった。すると、白い綿毛のようなうぶ毛が、ぴっちりついている。わー、気持ち悪いけど気持ちいい。この感覚わかるだろうか。

おまけにその後、毛穴が小さくなったのがはっきりわかった。一週間に一回は来てくださいと言われたが、忙しさのあまりまだ行っていない。

そお、美容というのは、取る、剥がす、むく、といった体から何かを出すことに尽きるのではないかしらん。ダイエットも脂肪を剥ぎとることだもんね。

ところで、リバウンドもなく順調にダイエットを終えようとしている私。この次からもっと肌の張りをつけるサプリメントをくれるそうだ。

そりゃ、まだ太目ではあるが、もぉこのへんでよそうと思う私。お医者さんも言った。

「今の体重から五キロ落とすのがベストだけど、そうなったら維持するのがものすごいストレスになりますよ。もうお酒も外食も出来ないですよ。今なら維持するのも、そんなに大変じゃないはずですから、今でいいんじゃないですか」

そういわれればそんな気がしてきた。今のところ、パンツ類は別として着るものに困らない。着たいものはたいてい着られる。

先月のこと、マックスマーラとある女性誌がコラボする賞の授賞式に出た。今年活躍した女性が受賞する賞で、私は選考委員をしている。あの原由美子さんもご一緒よ。

授賞式の後は、マックスマーラの新作が四十点ぐらい出る、ミニファッションショーをやる。今までは全く無関心だった私。だってサイズがないんだもん。しかし、今年は見る。気に入ったものを二点セレクトし、さっそく買った。一点はチェック柄のノースリーブワンピースを、モデルさんがロンググローブとブーツで着こなしていて、その可愛さにひと目惚れ。モデルの着ているものをすぐ買おうという図々しさも、ダイエットしたからこそめばえる心である。そして試着したら、とても似合うような気がした。二の腕はロンググローブでごまかし、グローブからはみ出た腕のつけ根のお肉は、いずれ剥がします。

聞き上手の女はモテる

プレイボーイの名をほしいままにした、市川海老蔵さんが、小林麻央ちゃんと婚約したのですごい騒ぎになっている。
海老蔵さんは高校時代から知っている。同じ踊りのお師匠さんのところへ通っていたからだ。一度、イタリア料理をご馳走してあげたことだってあるんだから。
それがあれよあれよという間に人気者になり、少年だった彼はめちゃくちゃハンサムになった。もっとあの頃手なずけておけばよかったとしきりに後悔してももう遅い。
最後に会ったのは、今から五年前、パリのフォーシーズンズホテル。朝ごはんを食べてたら、あちらのテーブルに彼がいるではないか。パリでの襲名披露で泊まっていたのだ。そこで立ち話をしたんだけど、もうスターのオーラが立ち上がっていたわ。

ま、そんなことより、麻央ちゃんの話ね。麻央ちゃんとは一度だけ会ったことがある。テレビの番組で取材に来てくれたのだ。

綺麗なのはもちろん、育ちのよさそうなお嬢さん、というのが第一印象であった。あの大きな目を見開いて、こちらの話を一生懸命に聞いてくれる様子が、けなげでとてもかわゆい。

よく、わざとらしく「ハイ、ハイ」と小首をかしげてこちらの話を聞く女の子がいるけど、そういうのとはまるで違う。本当に心を込めて、こちらの言葉を聞き取ろうとする様子は、女の私でもドキドキしてしまうくらいかわゆい。男の人ならましてや、心がとろけてしまうはず。よく、

「聞き上手の女の子はモテる」

というけれど、麻央ちゃんなんかはその典型でしょう。

ところで目を見開いて人の話を聞く女の子、というのとは別に、世間には
「口角を上げて人の話を聞く女」

というのがいる。このギョーカイにとても多いタイプである。

ずっと前、コラムニストの中森明夫さんと喋っている時、何をやってるかわからな

いけど、いつも有名人の男性についてくる女の話になった。

「絶対名乗らないんだよね。男の方も後ろめたいところがあるから、紹介してくれない。それでね、お酒飲んでバカ話しているこちらの様子を、じーっと見てんの」

「そう、そう、口角上げてね」

と中森さんが言い、私はそーなのよォと叫んだ。一応こちらに好意的なそぶりを見せようとする心と、この場に加わっているという小さな誇りとが、彼女の口角をきゅっと上げてる。目は笑ってないけど、唇は笑ってるふりしてる。あれって痛々しいっていうよりも、うざいよねェ……なんて言って、私はハッと思いあたった。

私だって若い頃、同じようなことをしていたかも。売れないコピーライターをしていた頃にさ、何とかそういう酒席にはべろうと必死だったわ。かなりみっともないことをしたと思う。

だけど私が彼女たちと違っていたのは、ああした有名人の男性と関係を持たなかった（持てなかった）ことかしらん。あの口角の上がり方って、

「もうお気づきかもしれませんが、私、この方とデキてますのでよろしく」

という意思表示があるもんね。

ところで最近、どんどん口角が下がっていくような気がする私。ぜんぜんそんな気

はないのに、

「ハヤシさんって怒ってるみたい」

と言われることがある。というわけで、朝晩マッサージは欠かせない。口のまわりをぎゅっとひっぱり上げて、リンパを流すのだ。

このあいだドラッグストアへ行ったら、口角を上げる器具を見つけた。バネを横にしたものを口に入れ、左右に動かすことでストレッチをするわけだ。ハタケヤマに向かって、

「ムガムガー、ムー」

なんて叫んで面白がっていたのだが、だらしない私は、すぐに失くしてしまった。また買ってこなくっちゃ。

それからよく「ア、イ、ウ、エ、オ」と声を出して口を動かす体操をする。これはもっぱらタクシーの中で行っているのだが、バックミラーを見た運転手さんはかなりこわいかもしれない。

以前、大地真央さんとお会いした時、その美しさに驚いた。たるみなんかまるでないし、当然のことながら口角もきゅーっと上がってる。ヘアメイクの方から聞いたのであるが、舞台女優の方は、特別な顔の筋肉を使うので、たれる、ということが少な

いそうだ。そういえば、先日対談した大竹しのぶさんも、全く年をとらない少女のような肌だったワ。

「そうよ、これからは舞台女優になったつもりで話すのよ」

折も折、文化人の団体によるミュージカルに出演中の私。ふだんの話し方も、ぶっきら棒になるのではなく、メリハリをつけて話す。

「まあ、そおなの。知らなかったわ」

という風に母音をはっきり、メリハリをつけて語る。と、

「やめてくれ。そうでなくてもデカい声が耳にびんびん響く」

と夫にイヤな顔をされたのである。

高めの女たるもの

ミュージカルは大成功で、最後は客席も涙、涙のスタンディング・オベーション。すっかり女優ゴコロに目覚めた私である。

女優といえば、やっぱり毛皮でしょ。何といおうか、アレを着ると女っぷりが上がり、ゴージャス感が漂うような気がする。が、問題なのは、オバさんっぽくなることだ。黒ミンクのロングを着たヒにゃ、どうみてもお金持ちのオバさん以外の何ものでもない。毛皮こそ、何気にかわいく、センスよく着たいですよね。

というわけで、私が長年愛用しているのは、ミンクのマフラー。これは気軽につけられて若々しい。そして昨年ジル・サンダーの売場で、ミンクのストールにひと目惚れしてしまった。それは長方形に袖をとおすホールがついている。前で合わすとストールに、後ろから見るとベストという凝ったデザイン。かなりのお値段だったのであるが、着る機会がないまま、一年間眠らせていた私。そしていよいよ今年デビューの運びとなった。

プラダのキラキラつきジャケットに、フレアスカートでお出かけの時、このストールを羽織った。

「ね、ね、すっごくかわいいと思わない⁉」

ハタケヤマに自慢したところ、

「後ろから見るとマタギみたいですけどね」

だって。なんだか着る気がしなくなってしまったではないか……。

しかし年末年始は楽しいスケジュールがいっぱい。やはりこういう時は毛皮は必要であろう。

来週はミュージカルで私の恋人役、坂本龍馬を演じられた姿月あさとさんのディナーショーがある。男もそうだと思うが、あの時まわりにいた女たちは、みんな姿月さんにメロメロになった。ファン、なんていうもんじゃない。もう魂がぶっとぶぐらい好きになってしまったのである。そうした女三人でディナーショーに出かける。やっぱりおしゃれして、毛皮のストールでしょう。

そういえばおととし、郷ひろみさんのディナーショーを観に行った時、こんなことがあったわ。平日、ということもあり、そう気張った格好の方々はいなかった。みんなおしゃれなワンピースかスーツといった中で、やたら目立つ一団が。三人の女性を一人の金持ちそうな男性がエスコートしているのであるが、すんごいゴージャスな一団、女性たちは肩もあらわなイブニングドレスに、毛皮のストールを羽織っていたのである。

「なんだ、なんだ、アレはいったいなんなんだ？」

友だちとささやき合う。やがて楽屋で紹介されてわかった。やっぱりお金持ちの奥さんで郷さんのファンだったのね。それにしてもあの方たちが毛皮のストールをいっせいに、椅子の背にかけた時は壮観であった。いい毛皮ほどクロークに預けるのがイヤなんだわ。

そして五人の仲よしの編集者との忘年会も予定されている。本当はこの日、最高級フレンチレストラン「ロオジエ」に行くはずであった。なぜなら私が、講演会のお礼代わりに、ここのレストラン券をもらっていたからだ。

「足りない分はみんなでワリカンにしよう」

と楽しみにしていたのであるが、その日は個室が既に予約されているという。

「ハヤシさん、ふつうのテーブルでもいいんじゃないですか」

と幹事役から電話がかかってきた時、私は即座にそれはマズイよ、と言った。五人のうちの一人は、あの有名編集者ナカセさんである。このところいろんなメディアにひっぱりだこの彼女は、今くるよそっくりの体型という、今、流行のモテタイプだ。それに愛くるしい顔と、ものすごく切れる頭がついている。話がやたら面白い。聞いている方は、お腹を抱えて笑ってしまう。それが楽しくってたまらないのであるが、彼女、少々、というよりかなり下ネタが多いのだ。親友の岩井志麻子さんとトークを繰り広げると、たいていの男性は青ざめる。

「オ、オンナがこんなことを喋るなんて！」

という驚きである。まぁ、私の男友だちはみんな変わっているので、大笑いするだけであるが、やはりふつうの人たちはドン引きするかも……。しかも声がやたら大きい。

「ナカセさんとふつうのテーブルに座ったら、もう私は二度とロオジエに行けないと思うワ」

「そりゃ、そうですよね。でも他にいいところが……」

「それだったら、新橋の〝やや〟高級居酒屋の『竜馬が如く』にしようよ」

ロオジエから居酒屋へと、いっきに変わってしまったが、ここは土佐の人が出しているお店。カツオのタタキや、直送のお魚がバッグンで、最近土佐づいている私はかなり気に入っているのだ。ここの個室だったら、いくら大きな声で下ネタを喋っても大丈夫。もちろんこういうところへ毛皮は着ていきません。それよりも今年のメインイベントは、イタリアンでのおデイト。食事が終わったら相手に毛皮を着せかけてもらうつもりよ。その時、やっと私は念願の「高めの女」になれそうな気がするの。

美味の代償

このあいだの「アンアン」ダイエット特集、見てくれました？

そお、私のグレイのワンピース姿が大反響。

「ものすっごく綺麗（に撮れてる！）」

という声がしきりであった。しかし編集部もいろいろ苦労したことであろう。まさか吉川ひなのちゃんの隣りのページに私を持ってくるわけにもいかず、男性の劇団ひとりさんを配置したところに、なみなみならぬ苦労が見える。

さて、高知に文化人の活動団体エンジン01で行ったことは既に何度もお話ししたと思う。

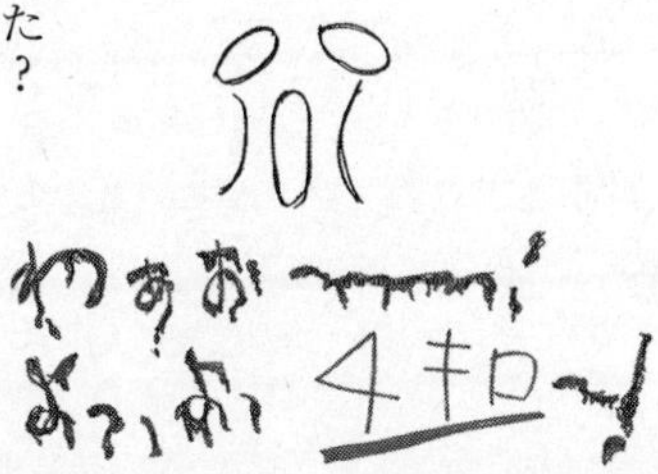

みんな張り切って毎晩、二時三時まで飲み歩いていたみたいだ。屋台のとてもおいしいところがあり、最後はラーメンとギョーザで締めた結果、サエグサさんは、

「な、なんと三日で三キロ太った！」

と青ざめていたっけ。私も何度も飲み会に誘われたのであるが、

「最後の夜のミュージカルに備えて、女優の私は寝ます」

といつもおとなしく部屋に直行した。なにしろデュエットの歌が控えてるのだ。小心ですぐに緊張する私は、今まで大切なことの直前に風邪をひいたり、声が出なくなったりすることがしょっちゅう。高知はお酒もお料理もうんとおいしいところであったが、ほどほどに我慢して体重も変化なし！

「私って、もう自分の体重をコントロール出来るんだワ」

たまに一キロ増えることもあるが、そういう時は夕飯を抜いたり、うんと軽くすれば翌々日は元に戻る。

「ハヤシさんは、もうひとり立ち出来ます」

とお医者さんもほめてくれ、サプリメントもうんと減った。

ところが高知から帰った翌日、山梨に帰るため新宿駅に向かった私に悲劇が。人身事故があり、一時間半も寒いホームで待たされたのだ。こういう時、人間はむかつい

て過食に走る。私は駅弁を買ってすべてたいらげ、ついでに大好物の柿のタネも車内販売でゲット。

ちなみに列車に乗りながら、本を読みながらものを食べる、というのは人生の至福の時ですね。私はこの頃、〝ややテツ〟から完全なテツ子に変貌しようとしているところもこの行為に関係あるかも。車に乗っている時はあまりものも食べないし、あまり楽しくない。人間、乗るなら鉄道、食べるのは柿のタネですよ。

そんなわけで三日後、京都へ向かう時もやっぱり柿のタネをポリポリやりながら、まったり旅を楽しんだ。そして友人と待ち合わせし、冬の京都・豪華大人版スタート。まずは有名和食店で、おいしい蟹やフグの白子をいただく。とにかく京都は寒いので、飲むのは熱カンでしょ。体があったまったら、白ワインもぐびぐび。その後は祇園のお茶屋バーでカラオケどす。途中誰かが

「お腹が空いたなー」

と言い出し、

「にしんそばを頼みましょう」

と私は叫んだ。京都は仕出し文化が発達しているので、どんな高級バーでもお茶屋でも、お鮨、親子丼、うどん、そばのかなりのレベルのものを配達してくれる。私た

ちに届いたにしんそばもとてもおいしく、おだしがきいている。私は最後の一滴も飲んだ。

「ハヤシさん、お酒の後のラーメンは最悪ですよ。すべてぜい肉になると思っていいです」

というお医者さんの言葉が頭をかすめたが気にしない。だっておそばって、ラーメンよりずーっとカロリー少ないし、油分もないしさぁ。

そしてもう一軒、お寺さんの中のバーへ行き、寝たのは午前一時。次の日は、河原町通りをぶらぶらして、着物用のバッグや帯揚げを買ったりするのも、京都ならではの楽しみやね。

お昼ごはんは、名店「おいと」です。おでんの前に、これでもか、これでもかと、すんごいお料理が出る。そして最後は、好きなおでんのネタをもらうのだが、これがすばらしい。

こってりとべっこう色になった大根に、牛すじの味噌だれをかけ、京ネギのみじん切りを山のようにまぶして……。もうたまりませんわ……。もちろんここでも日本酒の冷やをぐいぐいいただく。昼間から飲むなんて最高よ。

そして帰りの新幹線の中で、大切なことを思い出した。

「あ、いけない、明日はクリニックに行く日じゃん」

私は二週間ごとに体重を測り、体脂肪やいろんなものをチェックしているわけ。そう、この年でアンアンのグラビア飾るためには、すんごい時間とお金を遣ってるんだから。

診療、よっぽどキャンセルしようと思ったが、仕方なく行きました。そして特殊な体重計にのってびっくり。な、なんと四キロ増えてるじゃないか。この一週間でよ！

「こんな短期間で、こんなに太るってことは体の機能のどこかに異変が起きてますよ」

と先生にも注意された。

が、あさってから香港女三人、買物と美食の旅。どうすんだ、もうアンアンは書くだけになるのか。

〝おそろ〟シスターズ①

ドルチェ&ガッバーナ
のライダース

右を向いても、左を向いても、なんかパッとしない世の中。聞こえてくるのは、不景気な話ばかり。

「パーッと香港に行きましょう。もうじきバーゲンシーズンだし」

と声をかけてくれたのは、おなじみのホリキさんである。ずうーっとアンアンの編集長をしていて、今はフリーのエディターとして活躍している。そしてキャリアと人脈のすごさから乞われて、アンアンのスーパーバイザーになったばかり。私のファッションの師として、いろんなバーゲンにも連れていってくれる人だ。七年前に「香港強欲ツアー」と称して、江原啓之さんなんかと一緒に、食べまくり買いまくった時も、ホリキさんがツアーリーダーであった。

今回の旅は仲よしの中井美穂ちゃんを誘う。美穂ちゃんは、私の大学の後輩で、この頃は例のミュージカルにも誘い込んだ仲。このヒト、自分が有名人という自覚がまるでなくて、どんなところにも必ずひとりで電車にのって来る。約束の成田空港にも、大きなスーツケースをごろごろいわせてエクスプレスでやってきたのには驚いた。私だって家から車をチャーターしてきたのに。

とにかく性格がよくて、食いしん坊で、おしゃれ大好き。香港へ行くのにこんなぴったりの友だちはいない。

皆さんもご存知のように、香港は恋人や家族と行くのにはあまり適していないところだ。朝から晩まで買物につきあってくれる男の人は、まずいないであろう。香港を旅するには女友だち、しかも経済力、購買力が似かよっていないとね。

「とにかく買いますよ」

と三人で決意をあらたにする。

美穂ちゃんのスーツケースも大きいが、私もいちばん巨大なゴヤールのスーツケースを持ってきた。二泊だから中はガラガラ、おまけに私はほとんど着のみ着のままといってもいい。だって買ったものをすぐに着るつもりだもん。香港は連日二十三度と初夏の気候である。

ホリキさんいわく、

「韓国も買物天国だけど、ものすごく寒いのがどうもね。やっぱりコート着て厚着していくと、スーツケースのものも増えていくし」

私なんかデニムにカットソーという格好で街に出た。秋からずっと欲しかったライダースジャケットであるが、もう東京にはいいもんが残っていない。たいてい売り切れである。よって香港で探すつもりだったのだが、ありました。ホテルのまん前のドルチェ&ガッバーナでめっけ！　微妙に女っぽいし、革も最高。春夏ものでバーゲンになってなかったけれど、さっそくこれを羽織る。まるで前から着ていたみたいにぴったりではないか。

そしてお買物三人組はずんずん進む。シャネルはバーゲンの真最中であったが、もうあまり品物が残っていないかも。が、ここでかわいらしいニットを発見した。

「あ、私も同じの持っている。ここの縞がブルーだけど」

とホリキさんが言い、結果的に〝おそろ〟になってしまった。

そして歩いているうちに、スタッズつきのシューズが痛くなったので、ルイ・ヴィトンへ行き、やわらかい革のバレエシューズを買う。本当に歩きやすい。それを見て

いたホリキさんが、

「私も同じの買っていい？」

ということでやはり〝おそろ〟に。

それにしても、日本の不景気は本当らしい。以前はショップにいっぱいいた、日本の女の子が、まるでいないのだ。その替わり、店を占拠しているのは、メインランドの団体さんですが、はっきり言ってめちゃくちゃ行儀が悪い。しかもおしゃれな人なんか誰もいないのだ。みんな信じられないほどダサい格好で、ショップのソファをひとり占めし、大きな声で中国語でわめいている。

「あの人たち、シャネルやルイ・ヴィトンの紙袋を手にしてるけど、いったいどこでいつ着るつもりなのかしら」

意地悪な感想をもらすと、

「だけど昔は、日本人もあんなものだったと思うわ」

とホリキさん。

「いいえ、日本の女の子たちは、もっとずっとおしゃれでした」

ときっぱり。バブルの頃、パリでもニューヨークでも香港でも、日本の女の子たちで溢れてたけど、みんな素敵な格好してかわいらしかったワ。あの世界に誇った日本決して身びいきではなく、この香港の繁華街で、ひと目をひくほどセンスがよくきまってるのは、ホリキさんと美穂ちゃんなのである。コム・デのライダースに、デニムにスパッツ、ヒカリもんのフラットシューズなどという高度のコーディネイトをしているホリキさんに、ショップの人も何かと親切にしてくれる。

「あのコ、見て」

と私はつつく。ルイ・ヴィトンのモノグラムジャケットに揃いのバッグ、形の悪いデニムという格好の女の子がいた。メインランドのお客はブランド品は買えても、コーディネイトがまだ出来ていない。

〝おそろ〟シスターズ②

さて香港での宿泊はマンダリンオリエンタルホテル。お買物エリアの真中にあり、最近リニューアルしたばっかりでホリキさんおすすめだ。

おまけにあるカード会社のパックで予約をすると、ものすごいアップグレードをしてくれる。私らはひとりひと部屋、ツインを頼んでおいたのだが、なんとジュニアスイートになってるではないか。角部屋の素敵な部屋は、バスルームから夜景が眺められる。バスタブは私の大好きな猫足のやつ。日本から持ってきた本を読みながら、ゆっくりお湯に浸かっていると、もう幸せ過ぎて涙が出そう。

ちょっとリバウンドしたといっても、まあ、たいていのものは着られるぐらい痩せたしさ、毛皮や宝石は手が出せないけど欲しいものは買えるぐらいのお金は持ってるし、こんなバスルームに入れるし、香港って女の幸せを噛みしめるところね。

そして二日め、ショッピングもいよいよ佳境に入る。

美穂ちゃんとホリキさんは、バレンシアガのお店で、日本にはまだ入ってきていないカゴバッグを発見して大喜びしていた。私は大きな革のバッグにひかれる。あんまり見たことのない赤なのだ。これは一泊の旅行用にぴったりかもしれない。

「あー、かわいいー」

ということで、ホリキさんは黒をお買い上げ。ここで三人合計五個のバッグを買い、ホテルに届けてもらうことにする。

もちろん高いものばっかり買ったわけではない。

セレクトショップのデニム売場で、私たちはダメージデニムをあれこれ試着しまくる。こういう時、ファッションの専門家のホリキさんがいると本当に心強い。

「ハヤシさん、この形はやめた方がいい」

「これは買いでしょう」

という言葉に後押しされる。ここでほどよい感じの、ダメージのボーイフレンドデニムを買う。ブーツに合わせてスリムも欲しかったのであるが、これはジッパーが上がらないではないか。

やはりダイエットをしたといっても、ふつうに見たらデブなんだと痛感した。

そしてここで、ものすごく可愛い布のトートバッグを発見。アナ・ウィンター女史（アメリカン・ヴォーグのおなじみ編集長ですね）の顔がアップでプリントされているのだ。これを買って帰ったら、日本のみんなに羨ましがられた。

その他にスカル模様のマフラーも。大人でスカル、というのはちょっとためらうが、これは上質のピンクのカシミア製で、アーガイル模様だ。

「ルシアン・ペラフィネのこれは、日本に売ってないから絶対に買いね」

というホリキさんの言葉に従ってお買い上げ。ホテルに帰ってからあれこれコーディネイトしてみたら、ものすごくおしゃれになった感じ。特に、こういう流行もののカジュアル系はむずかしいが、さりげないラグジュアリーが大人のテイストじゃん。

それから食べもののこともお教えしなくてはね。飲茶も行き、豪華ディナーの上海蟹も、北京ダックも制した私たち。ホリキさんが会計をやってくれ、最初にお金を集めひとつの財布から払っていたのであるが、

「こんな使わないから」

と、最後にはいっぱい返してくれたぐらいだ。

それにしても、香港で日本の女の子を見なくなったのは本当にさみしい。前回も書いたが、メインランドから来る女の子たちは、ブランド品は手にしてもコーディネイトする、ということが出来ていないようである。たとえばデニムをはいていても、それは〝ジーパン〟と呼びたいようなシロモノ。サイズや形に何のこだわりもないのである。それにマナーも悪いしさ、何ていおうか、まだ中身がブランド品に追いついていない感じだ。私はおしゃれで可愛かったジャパニーズガールがなつかしくて仕方ない。

「この頃、日本人ってユニクロとかH&Mばっかり着ていて、ブランド品に手を出さなくなった。だから国力が衰えたって書いてる評論家多いよねー」

と私はバブルの頃を思い出す。

「あの頃さ、日本の女はブランド品あさってはしたない、国の恥だって、さんざん怒られたよね」

「そう、そう、若い女の子がシャネルやルイ・ヴィトンを買ってどうするんだって、よく怒られたよねー」

「私なんかさ、昔からブランド品大好きだったから、よく槍玉にあげられたわよ。だけどさ、不景気になったら、買わないのがいけないなんて、よく言うよ。私、当時の雑誌や新聞の切り抜きを集めようかな。当時そういうこと言ってた評論家の実名を挙げたいな」

と私はひとりフンガイしたのである。

バーゲンとはいえ、シャネルのニットは着てるとふんわりと体をつつんでくれる。これにフレアスカートとブーツを合わせて、おおグッド！　私、これからもずーっとブランド品買うもんね、と誓った香港であった。

正装の正解

「痩せてすっかりキレイになったハヤシさん」

ということで、女性誌のカラーグラビア四ページに出たとたん、それですっかり気が済んでしまった私。

このひたひたと押し寄せてくるものは何？　そう、いつものリバウンドの波ではないかしらん。

山梨に帰り、すっかり正月太り、田舎太りになっている最中、私はよせばいいのにダメージデニムをはいていたと思っていただきたい。右の膝のところが透けてスダレ状になっていたのであるが、座ったとたん、音をたててメリメリと破れてしまった。

そのままはいていたら、前の部分が半分裂けて、膝小僧が丸見え。

「お金が無いわけじゃないのに、どうしてそんなにボロいものを着てるの」と、イトコや友人たちに不思議がられる。

「何言ってんのよ、これが流行なのッ、都会じゃこれが流行りなのッ！」

そう叫んでも誰も信じてくれない。おまけにこのダメージデニムに、ソックスとつっかけ、という格好で駅まで行ったところ、ホームレスっぽいおばさんがいて、何だか私に雰囲気が似てるではないか。

ショーウインドウに映った自分の姿を見てぞっとした。すっぴんにボサボサ髪、それに着てるものも裂けてる……。あたり前のことであるが、ダメージデニムをはく時は、コーディネイトもばっちり、他のアイテムもいつもの二倍ぐらい気をつかわなきゃいけなかったのだ。私はあわてて、つっかけを東京からはいてきたルイ・ヴィトンのフラットシューズにはきかえたが、やはり全体から漂ってくるこのカントリーテイスト。今日はこれから東京へ帰ってパーティに出なきゃならないので、何とかしなきゃ。

さて中央線に乗り一時間半後に新宿駅へ。家に帰ってしっかり時間をかけて、造顔マッサージをした。これで何とかねぼけたような顔がマシになったような。やはりスッピンを三日続けると、女度はぐっと下がると実感した。そして美容院へ行き、華やかなブロウにしてもらう。なにしろ今日のパーティは、「正装」というドレスコードがあるのだ。

おととい仲よしのサエグサさんとも、電話で相談した。

「どうしてたかだかバースデーパーティで正装なの？　おまけに場所は新宿だよ」

「ボクもさ、ヘンだと思うんだけどサプライズパーティだろ。本当に正装なのかどうか本人に聞けないんだよね。とにかくボクはタキシード着ていくつもり」

「うーん、それなら私も、ワンピースで行くつもりだったけどロングドレスにしよーっと」

私は何回かこのドレスコードにおいてミスを犯している。この日本において、本当のフォーマル、ということはめったにない。自分だけ気張っていくと、どうしても浮いてしまう。

それならば、別にカジュアルにしてもいいじゃん、と崩していくと、そういう時に限ってみんながタキシードとイブニングでばっちり決めていて恥をかいてしまう。

私はクローゼットの中から、三年前に買ったダナ・キャランのハイネックのラメと揃いのストールを取り出した。いろいろスカートを合わせたが、どうもうまくいかず、結局ダナのロングスカートにした。そう、これはかの超高級レストラン「トゥール・ダルジャン」で行われた、晩餐会《ばんさんかい》の時に買ったもんだワ。あれ以来一度も手をとおしていない。この日本において、いかにフォーマルなんかめったにないか、という証みたいなものであろう。いや、このご時勢でもそういう場所はあることはあるんだろうが、私が知らないだけかも。とにかく私は久しぶりにラメのド派手なものを着た。ダナ・キャランだけあって、ラメでもとても品がいい。えーと、これには素足でパーティシューズよね。だけどこの寒さ、せめてネットにしちゃおう。シューズは、靴箱がさがさやっていたら、マノロ・ブラニクの素敵なやつを発見。私ってなんて衣裳持ち、靴持ちなんだろうと、あらためて感心する。

コートだって、ずーっと前に買ったジル・サンダーのミンクがある。これは黒のサテンのリボンがベルトになる、すごく可愛いやつ。というわけで、私はその夜のいでたちにすっかり満足し、意気揚々と新宿に向かったワケ。本当に、午前中まで裂けたデニムでボサボサ髪していた私とは別人だワ。

しかし会場に着いて真青。何、これ？　男性はだいたいスーツ、女性もスーツかせいぜいが着物である。ロングドレスなんて誰もいない。私はラメを光らせたくなく、ずっとコートを着たままであった。おまけにまわりを見わたしても知らない人ばっかり。私は携帯でサエグサさんにSOSを出した。

「早く来て！　正装の人なんて誰もいないよ」

サエグサさんが着くやいなや、私はぴったり傍から離れなかった。タキシード姿はサエグサさん一人で、離れるとたちまち浮くのがわかっていたからだ。そしてハッピーバースデーの歌が終わるやいなや、即帰った。ダメージデニムも、ドレスも、着る場面は本当にむずかしいとつくづく思った私である。

美しすぎるゆえの

このあいだの櫻井翔クンのセミヌード、よかったですねぇ。ドキドキしちゃいますねぇ。

しかし同時にある哀しみが私を襲う。世の中にはうんと美しい男が存在しているのであるが、ついに縁のない人生であった……。

私はよく人から〝面喰い〟とワルグチを言われたものであるが、振り返ってみるとたいしたことはない。結婚した頃、うちの夫は「ハンサム！」とよく言われ、私もそう思う時もあったが、今はハゲかかったただのガミガミオヤジである。

私の友人に、ふつうレベルの容姿の女であるが、某芸能人とそういうことをした者

がいる。仕事で知りあった俳優さんに「好きです！」コールをおくったところ、あちらが、

「そこまで言うなら」

というようなことになったらしい。たぶん彼女はあまり若くもなく、いわゆるキャリアウーマンであったので、もしそういうことになっても、めんどうくさいことは起こらないのではないかと、あちらは判断したのではないかと私は思う。

そしてホテルの一室でそういう事態になったのだが、裸になったその俳優さんは、鍛えているだけあって

「アポロのように美しかった」

そうである。が、肝心の彼女の方は緊張のあまり体がガタガタ震え、すべてがイマひとつだったとのこと。

「男にも起こることって、女にも起こるのよね。いわゆる女不能《インポ》っていうやつよね……」

と彼女は深いため息をつき、そのことは長く私の心に残った。つまり恋愛でもラブ・アフェアでも、あまりにもすごい「分不相応」というものを持ってはいけないという教えである。

そお、美しい男には美しい女。脱いだとしても何らコンプレックスを持つことのない女性でなきゃ、どうしてカッコいい芸能人の男性とそーゆーことが出来ようか！

さて、昨日のこと、私は昼、夕ともものすごい美人と一緒であった。

昼間は久しぶりに君島十和子さんとランチをとった。グラビアにお出になり、世の女性の感嘆のまとになっている十和子さんであるが、あなた、二十センチ近くで見てごらんなさい。本物はもっともっと美しい。毛穴というものがまるでない、陶器のような真白な肌に、バラ色のぽわんとしたチークが似合う。お目々は長ーい睫毛《まつげ》にふちどられ、吸い込まれそうな大きさ。二人で写メを撮ったところ、私の顔は二倍の大きさのうえに真黒ではないか。わーん。撮り直してもらい、私は五十センチ後ろに下がった。しかしまだ大きかった。

この頃、ビジネスウーマンとして活躍している十和子さんは、お話も面白くとても活動的な女性だ。しかしあくまでもエレガント。私は時々会ってランチを共にする仲であるが、そのたびに感心してしまうことばかりだ。人生においてもビジネスにおいても、決して順風満帆というわけでもないらしいが、人のワルグチは言わず、すべてプラス思考にしようと努力している。美しいだけでなく、その人間的成長が内面の魅力となって、こんなにこんなに素敵なのね……。一緒にランチをとった友人と帰り道、

「十和子さんと会うと、いいもん見せていただきました、っていう感じよねぇ……」

と言い合う。本当に美人って、こちらの心も豊かにしてくれるものだ。

さて、家に帰ったら打ち合わせのためにA子さんが待っていた。この方はよく、

「美人過ぎる編集者」

と言われる。出版社社員という、いわば裏方の人間が、並の女優さんやモデルさんよりずっと美人なので、いろいろ支障もある、という意味である。もう若くはないけれど、さらに美貌に陰影が増した、という感じだ。ファッションセンスもものすごくいい。マスコミの女性に多いカジュアル系ではなく、コンサバマダム系。ファッションエディターも大物になってくると、リッチに品よくまとめてくるようだ。その日も、アストラカンの黒いファーコートである。

「わ、ステキ、高そう！」

私のぶしつけな声に、

「いやですわ。香港で買った安物です」

と微笑むさまが、美人のオーラに満ちている。そりゃあ、十和子さんの方が人目をひくであろうが、あちらは電車には乗らない。彼女はふつうの編集者であるから、ちょうど用事がある私と一緒に家を出て、地下鉄に乗った。二人で並んで座りぺちゃく

ちゃ喋る。やがて表参道に着き、二人で立ち上がった時だ。向こうのドアに立っていた、サラリーマンらしきちょっといい男が、ものすごく鋭くイヤらしい目でこっちを見た。もちろん私を通り越してA子さんの方へ。本当にぶしつけでなめまわすような視線。私は驚き、一瞬彼から目が離せない。

電車の中で、美人を見ると男はこんな表情をする、ということを初めて知ったからだ。かなり衝撃であった。こんな失礼なぐらいじろじろ見るのね。ふうーん。美人ってこういうめにあうのか。が、そんなことがわかってどうする。ま、世の中には美しい男と美しい女の世界があり、私なんか完璧にはじかれている、ということを実感しました！

吉例！開運ツアー

正月恒例の江原啓之さんとの「開運ツアー」は、もう八年続いている。出雲大社にも行ったし、お伊勢さんにも行った。長野の戸隠にも、箱根にも行った。たいていは一泊して、地元のおいしいものを食べるのも楽しみであった。

昨年はいろいろ事情があってお休みしたのであるが、

「神奈川にものすごくいい神社を見つけたから」

という江原さんの勧めで、一月の終わりに開運ツアーに出かけることにした。同行したのは、ホリキさん。そしていつものホッシーではなく、新しく担当になったグンジさん、そして私の三人。このところ江原さんの人気はすさまじく、神社なんかに行こうものなら大混乱であった。しかし今回はお一人でいらして、そのうえ不思議なことにオーラを消していた。だからあまり人に気づかれることもなく、静かに参拝出来て本当によかった、よかった……。

ロケバスで出発し、お昼少し前に到着したのは走水神社。ここは江原さんの『今、いくべき聖地』（マガジンハウス刊）にも出てくるところだ。

「スピリチュアルなパワーが、ばしばしきてすごいところ」

観音崎の近くで、鳥居の向こうに海が見える。急な階段をのぼっていくのだが、その両脇の樹木がいい感じに伸びている。ここは日本武尊（ニホンブソンじゃない。ヤマトタケルノミコトといいます）のお妃、弟橘媛（オトタチバナヒメ）を祀《まつ》ったところと言われている。

弟橘媛のストーリーは、あまりにも有名だ。日本武尊は、ある時暴風雨のため、乗っていた船が沈みそうになった。その時、夫のためにと弟橘媛は海に身を投げる。自分が生贄《いけにえ》となって、海神の怒りをなだめようとした。つまり夫と妻との究極の愛のストーリーである。

「ですから、恋愛にはとっても力を授けてくれる神社ですよ」

と江原さんは言ったが、もう私には関係ないかも……。トシだし、結婚してるし……。が、考えてみると、ホリキさんもグンジさんも、今回の三人はみんな人妻である。

「いくら人妻でも、愛は欲しいわ。そうよね、私にもっと愛を……」

図々しいことを祈る私。が、さすがに良心がとがめて、大学受験が迫るオイっ子にお守りを買った。ついでに絵馬も奉納する。おばちゃんがこれだけ応援しているのだ、という証拠に絵馬を写メで送っておいた。小さく美しい神社は、立つだけで心が洗われそうであった。

そして三崎の半島のさかな屋さんでおいしい昼食を食べた後、バスは住宅地に入っていく。新しい家が立ち並ぶ、どうということのないエリアだ。

「着きましたよ。ここにびっくりするような神社があるんです」

と江原さん。よく見ると家の裏側に参道があり、それが鳥居に続いている。片側のもうひとつの鳥居からは、海岸が見えるというびっくりするようなロケーション。参道に立つと風景がまるで違うのだ。

「ここは日本のスピリチュアル界においては、とても大きな意味があるところです」

江原さんの解説が入る。なんでも昭和初期、大学教授夫人が守護霊を語り始め、それがぴたりとあたったそうだ。やはり夫を恋う妻の告白で、大昔に亡くなったその夫の墓がこの近くにあったという。うーん、詳しくは『小桜姫物語』という本を読んでほしい。とにかく今日おまいりしたところは、パワーをいっぱいくださるそうだが、特に恋には効くようである。

先に行った走水神社の方は、江原さんが本にとりあげたおかげで、この頃おまいりする人がとても多くなったという。といっても、ちらほらと見られる程度だ。初詣でに大きな神社に行くというのもいいけれど、こうした小さな素朴な神社も素晴らしい魅力にあふれている。どこも綺麗に掃き清められていて、きっと氏子さんたちが大切にしているだろうな、という感じだ。

二つめの神社には猫が住んでいて、いつのまにか私たちを歓迎しにきている。二匹とも太っていて、とても人なつっこい。江原さんとは前回で顔見知りになったらしく、何気に近づいてきてかわいい。鳥居の向こうの海に夕陽が沈みかけて、美しい日本の風景だ。体ごと清まっていくみたい……。ああ、いいなぁ。

今年はきっといいことが起こるに違いない。そんな気持ちがわき起こってくる。

「恋よ、恋……」

バスの中でつぶやく私である。

夕食は中華街で食事。特別に珍しいメニューを頼んでおいたので、豚の胃袋のいためたものとか、浮き袋のふかひれスープ、鮫の尾の煮込み、鮑《あわび》とアヒルの水かきの煮込み、なんていうものをいただいた。言うまでもなくコラーゲンのカタマリである。翌朝、肌がピッカピカになっていた。さっそくのご利益であろうか！　恋の方も早く来い、と言わずにはいられない。

ついていきます！

真冬だからって、女と会うからって、
おしゃれしない人ってイヤね…

おとといのこと、赤坂のウィーン料理店で、久しぶりで「魔性の会」が開かれた。

これは世間で「魔性の女」と呼ばれている川島なお美さん、テレビのコメンテーターとしても活躍中の編集者のナカセさん、私、というメンバーで構成されている。まあ、なお美さんは間違いなく魔性であるが、私は単なる冷え性の肥満性。ナカセさんはその特異な愛くるしいキャラクターでモテまくっているが、やや趣味性が強いかも。

まぁ、とにかくお金持ちのおじさまに女三人がおごってもらい、チヤホヤしてもらおうという趣旨で開かれている。

といっても、この三人が集まるとどこかおっかないらしい。そのうえ皆さんおめあてのなお美さんが人妻になってしまったので、スポンサーがつかなくなった。そうしたらなお美さんがこう言ってくれたのである。

「うちのトシがご馳走するわ」

そう、今人気絶頂、トシ・ヨロイヅカのオーナーパティシエ、鎧塚俊彦さんのことである。

私はお二人の結婚披露宴にお招きいただいたのであるが、鎧塚さんの方はそう親しくなる機会もなく、たまにお店にケーキを買いに行くぐらい。

それが昨年秋のミュージカルである。エンジン01という、文化人が集まる団体に鎧塚さんも入会され、一緒にミュージカルをやることになった。そう、高知でオープンカレッジが開かれるので、秋元康プロデューサーの下、私たちが演じた素人芝居「龍馬」ですね。まず顔合わせと本読みが行われたのであるが、短いセリフを口にした鎧塚さんの才能を、秋元プロデューサーは一発で見抜いた。

「トシさんに、もっと重要な役をやってもらうよ」

そして長セリフを高らかに歌い上げる司会者の役を演じたのであるが、そのうまいこと、間の取り方のたくみさといったらない。すっかり観客の心をつかんでしまったのである。ふだんはいかにも職人さんらしい、ピュアで素朴な感じの方なのに、衣裳とカツラをつけたらガラッと変身。もともとハンサムな方であるが、昔の時代劇スターみたいな色気がむらむら立ちのぼる。鎧塚さんの役は、美しい娘（私の役ね）を手ごめにしようとする借金取りの与太者なのであるが、本当にさまになってる。

「てめえ、オレのことバカにしてんだろ」

と詰め寄り、

「川島なお美みたいなわがままな女、よく嫁にしやがってと思ってんだろ」

ここまではセリフだったのであるが、観客の方を向いて「てめぇーら」と怒鳴ったのだ。

「てめぇーら、この頃、川島なお美が老けたと思ってんだろ、あれはメイク、メイクなんだよォ。バカやろー。いつもは若々しく綺麗なワイン好きの女なんだよー。バカやろー！」

老婆役を演じている川島さんをネタにしたとっさのアドリブに、場内は大爆笑。そして

「ヨロちゃんって、本当になお美さんのことを愛してるのね」

と、私ら女はじーんときたのである。

そしてその夜のなお美さんは、肩をむき出しにしたミニドレス。真白い肌がろうそ

くの光にまぶしい。たかが私ら女と会うのに服装に手を抜かないのは、さすが魔性の女だが、情けないことに冷え性の私は、最近ババシャツが手放せない。しっかり着こんでいる。冬にこんなドレスなんて、夢のまた夢だわ。それにしても、結婚してからますます美しくなったなお美さん。だってご主人、本当にやさしく、心から妻を愛しているのがよくわかる。しかも男っぽいところがあって、なお美さんは胸キュンらしい。

「私は結婚して自由になったの」

ワインを片手にささやくように言う。

「結婚前、私、一週間に八回デイトがあったの。ディナーだけじゃ間に合わないからランチも入れてよ」

だけど決まった人が出来たので、そういうことをしないようになったし、誘いもなくなったらしい。だから自由なんだって。

が、しつこいようだが、ろうそくのあかりの下、ワインを飲んだり、小首をかしげたりするナオミ・カワシマの妖しい美しさ。女の私でもうっとりしてしまいます。そして思った。たとえ気のない相手だったとしても、ナオミ・カワシマは、その名誉にかけて決して手を抜かず、いつもおしゃれをしていったに違いない。そして相手の口説きをうまくかわしながら、大人の男と女の駆け引きをしていたんだワ。こういうことを一週間に八回していたら、女はますます磨かれていくはず……。しかしバババシャツ着ている女は、全く違うことを考える。

「そんだけ食べてワイン飲んで、どうしてその体型維持出来るの？」

「うふっ。太らない秘密があるのよ」

と愛らしく笑うナオミ。

「あのね、太った人は必ず口を動かしながら箸やナイフ、フォークを動かしてる。それはダメよ。咀嚼《そしやく》してる間はね、こうして手を膝の上に置くの。こうすると早喰いが防げるの」

はい、と私はうなだれる。いつもナオミに教えられる私。愛と美の師匠である。

愛と美の師匠

肉体セレブ

最近、マイブームといえば、ロールケーキである。

あまりにも長いダイエット生活が続いたために、私の中では「ケーキは食べてはダメ」という刷り込みがされている。が、ロールケーキは、その穏やかな形と素朴さのために、なぜか食べていいような気がしてくるの……。

うちの近くのデパートで堂島ロールを買い、それにハマったことも大きいかもしれない。食べるだけ切って皿にのせ、「これだけ」と言いきかせる。それなのにこの不精の私が、またわざわざ立って冷蔵庫を開け、箱を取り出し、薄く切る。「これだけ」とつぶやいて。が、それを三度も四度もやるというのは、もはやふつうではない。

　このあいだ節分の日にデパ地下へ行ったら、もはや国民的行事となった恵方巻きが、いろいろなところで売られていた。そして驚いたことに、和洋菓子店どちらでも「恵方巻き」と銘うってロールケーキが売られているではないか。さっそく黒豆入りのロールケーキを買ってうちに帰ったところ、知り合いからやはり「恵方巻き」という名のロールケーキが二本届けられていた。これも食べました……。

とはいえ、ロールケーキを食すのは早朝と決め、昼食、夕食は出来るだけチープなものを食すようにしている。

　私のダイエットを指導してくれている医師は言った。

「ハヤシさんは、自分のことをまだデブだと思っているかもしれませんが、ハヤシさんの年齢でこの体型と体脂肪を保っている人は、全体の十五パーセントしかいませんよ」

　そうか、私って肉体のセレブだったわけね。セレブはセレブにふさわしいことをしなくてはと、最近凝っているのはローションパック。そお、これも私のマイブームとなっているのである。

　先日ドラッグストアへ行き、コットンを買おうとしたら、赤い箱が目に入った。佐伯チズさん考案のローションパック用のやつだと。さっそく買い、雑誌の佐伯さん特集ページを見ながらやってみた。朝晩、これにローションをひたし、肌にぴったりくっつけるというおなじみのあれであるが、なんかめんどうくさそうでやらなかった。しかし三分間でいいという。

専用のコットンは大きくて、すいすいはがれ、工作じみていて面白いぞ。そして飽きるまで凝り性の私は、朝晩このローションパックをするようになった。前から顔筋マッサージを必ずしているし、このローションパックを加えるとかなり忙しい私。しかしキレイになるためにはこのくらいのことをしなくっちゃ。なにしろ私は肉体のセレブなんですもん。そうそう、春に備えて加圧トレーニングも再開した私。あのお医者さんの言葉は大きかったわ。

そしてセレブとしての自覚を持った私は、あらたな習慣をつけるようになった。ちょっと遅い気もするが、一時期ブームになった「マサイの靴」を購入したのである。立っているとぐらぐらするので、内ももに力を入れて歩かなくてはならないというあの靴だ。この頃坂道を選んで歩くようになった。私の住んでいる街はとても坂道が多く、左に折れたり、右に行ったりと遠まわりをしても平坦な道を行っていた私。それが今は、わざといちばん急な坂道にする。

そして思わぬ発見が。知らないうちに「足もみマッサージ」の店が出来ているではないか。「今ならすぐ出来ます」というカードがかかっていたので、ドアを開けて入っていったところ、ベッドに寝かされた。香港でやみつきになった足裏マッサージ。ちょっと痛いが、それも気持ちいい。これをやると下半身がスッキリするそうだ。

ところで節分の日、えらい人に誘われて夜は銀座の高級クラブへ。クラブ⤴と語尾が上がる方でなく、クラブ⤵と下がる方、そう、美しい女性がいっぱいいるところですね。節分の日とあって、ホステスさんがみんな仮装をしているのだが、ものすごく華やかで面白い。マイケル・ジャクソンもいるし、舞妓ちゃんもいる。すんごい衣裳のおいらんが店を練り歩く。ナース姿のホステスさんがいたが、なんかエッチっぽかった。

が、中でもいちばん人気だったのは、ブラとショートパンツの若い女性。露出が多いので、男の人たちは「ワーオ！」と叫び喜んでいた。みんなふざけて膝にのせたりして、写メを撮りまくる。

「ここは銀座の高級クラブなのに、どうして今日は歌舞伎町のサロンみたいになっちゃうの」

と私が言ったらみんな大笑い。いつもの彼女は高級クラブにふさわしい知的な雰囲気なのに、今夜はメイクもばっちり妖艶で色っぽいぞ。

「私、ポールダンスを習っていて、そのお稽古着なんです」

そお、ポールダンス！　まだ流行る前、四年前に見て習いたいと熱望していたのであるが、当時は正真正銘のデブで、なんかためらっていたのね。

「赤坂で週一やってるんです。ハヤシさんも一緒にやりましょうよ！」

心が動く。第三のマイブームとなるか……。

無敵のサングラス

こう見えても私、毎月、毎週送られてくるファッション誌を、なめるように見ている。そうよ、トレンドだってわかるわ、マストのもんだってわかるわ。そうよ、ないもんは、このモデルの体型だけよ。この頃リバウンド気味だし……。

ところで、私がいちばん参考にするファッション誌は、モデルさんがたいていの場合今の季節だとナマ脚である。ナマ脚でなきゃ、春ものは着こなせない。実は私も、ナマ脚に合わせようと思い、ロエベの革のスカートを買ってある。

しかしご存知のように、私は寒がりの冷え性女。今流行のジンジャーは昔から飲んでいるが効きめがない。よってついタイツをはいてしまう。黒タイツだと、上に明るい色をもってきても本当にきまらないワ……。

そうそう、やっぱり都会のいい女といえば、サングラスが欠かせないと、私は本を手に頷《うなず》く。サングラスが夏のものだなんて大昔の話で、今は冬の服にも合わせるようだ。するとうんとクールでカッコいい女になれる。実は冬の陽ざしというのは、位置が低い分、すごくまぶしい。老眼になりつつある目にはきついのだ。しかしサングラスをかける勇気といおうか、きっかけがないまま日にちは過ぎていく。

そんなある日、ジル・サンダーのお店で、大ぶりのサングラスを見つけた。フレームが赤でとてもかわいい。浜崎あゆみさんがしているような大きさと形である。ものすごく目立つ。が、かけてみる……。似合っていないこともないような……。

店員さんたちも、

「すっごく似合いますよ」

と口々に言うので購入することにした。ちょうどトレンチコートにヒールをはいていたのでぴったりじゃん。気持ちはフランスの女優よ。

そしてそれをかけて家に帰ったら、お手伝いさんが、

「コワいけど似合いますよ」

だって。私の期待していたほめ言葉はこんなもんじゃないわ。よってバッグの奥に

しまった……。

そして先週のこと、高知に旅行することになり、羽田で待ち合わせをした。三番の時計の下で十一時半ということだ。少し前に歩いていくと、その時計の下にものすごくカッコいい女性が立っている！　そお、一緒に行くことになっている、元宝塚トップ、今はシンガーとして活躍中の姿月あさとさんだ。

長身に長い革のコートにブーツ、そしてサングラスといういでたちは、惚れ惚れするほどキマっている。通る人も何人か振り返るほどだ。宝塚の男役で鍛えた身のこなしといい、彫りの深い顔立ちといい、まるで革のコートとサングラスのために生まれてきたみたいね。

でもいいんだ……。せっかく買ったサングラスだし、私は美人のいないところでひとりかけることにします。いつもこうやって高いサングラスを何コも無駄にしてきた。が、もう居直ってかけるしかないだろう。

ところで羽田での姿月さんを見て、つくづく思ったのであるが、美人でセンスいい人がいちばん決まるところといったらやはり空港ですね。特に成田。

飛行機に乗る時というのは、長いフライトでなくてもラフな格好をする方がベター。そうかといっておしゃれはおさえなくてはならない。あちらの気候も考慮に入れ、しかも私服ゆえにスタイリストさんはつかないというハンディもある。最近いちばん人々を感動させたのは、小栗旬さんとのハワイ旅行に出かける、あるいは帰ってきた山田優ちゃんでしょう。何気ないロングコートが実にスタイリッシュ。歩き方とか携帯の持ち方もカッコいい。

私は大昔見た、アイドルを思い出す。そお、あの頃は二十歳過ぎてても、ぬいぐるみ抱いたりしていたのである。中年の女優さんたちのグループが、すっぴんにいっせいにサングラスしていた時も怖かったなー。

さて姿月あさとさん、中井美穂ちゃんと一緒に行った高知はすごく楽しかった。最近やたらつるんでる私たち。美穂ちゃんはあの可愛くおとなしい顔に似合わず、言うことはきっぱり言う。ものすごく食べてものすごく飲む。その量がハンパじゃない。しかし多少太っても、顔は異様に小さいというとても得な体型である。私はこのヒトと写真を撮る時は、必ず一メートル下がるようにしている。しかしやはり私の方が大きく見えるのだ。

ご存知のように、小顔だとファッションは何でもきまる。高知でミポリンは、フォクシーのダウンコートに、マフラーをぐるぐる巻きにしていたが、顔が小さいからこそ出来る巻き方だ。

そして私は仕事のために、高知からひとり京都へ。ここで脚本家の中園ミホさんと対談するのだ。こちらのミホちゃんは、自他共に認める魔性の女。翌朝、ラズベリー柄のワンピースに、ちょっと薄めのサングラスをかけていたが、これがヘンに色っぽい。流行の真黒いのじゃないところが、妖艶な感じがするのだ。

友の着こなしを見ながら、私は今日も行く。私が「キマってる」と言われる日は、いつかくるのだろうか。

わが街自慢

もうそろそろ新生活を始めている人も、多いことだろう。

アメリカ大陸の開拓は、東から西へと行われた。今でも東の方がおハイソな雰囲気が漂う。よく映画の中で、

「東部の大学へ進む」

という表現があるが、あれはまさしくエリートの証、アイビーリーグへ行くことなのだ。

しかし東京の場合、地方の人はまず東の方から住んでいく、というケースが多い。そう、下町でなじみやすく、家賃が安いことが理由であろう。ここになじむ人も多い

私の住んでるとこの
大特集
です
Hanako

が、おしゃれな街をめざすなら、次第に西へ向かっていくというのは定番であろうか。

私は大学入学の際、練馬、池袋と、東の方をうろうろとし、参宮橋、成城といっきに西に向かった。そしていよいよ、地方人憧れの地、麻布へ進出していったのであるが、ここは賃貸マンションであった。それから原宿のど真ん中にマンションを買ったのだから、我ながらエライと思う。

話せば長いことになるが、あの頃ちょうどバブルの前夜で、私のまわりの女の人たち、編集者、フリーライター、ファッション関係者の間では、とにかく家を買おう、という気運がみなぎっていた。世の中がとにかく前向きで、銀行も若い女にじゃんじゃんお金を貸してくれた時代である。

そして私もみんなの真似をして、生まれて初めて自分の家を買ったのだ。あそこにはいろんな思い出がある。麻布、原宿と、私の夜遊び全盛期、タクシーで六本木も青山もすぐに行けるところにあったから、十二時前に家に帰ったことはない。寝るのは午前三時、四時、たいていお昼頃起きて、だらだらしてるとすぐに夕方っていう生活であったが、楽しかったなあ。

そお、恋だっていっぱい、とは言わないまでも、まぁ、いろんなことがあったわね。女がマンションを持つと、男の人とのことも大胆になって、ま、当時週刊誌にのったこともあったワタシ。

そして何年かたち、結婚して家を建てようということになった。この時、土地探しに三年はかけたと思う。まだバブルの余韻があって、地価が高いこともあったが、本当に迷っていたのだ。

「これからは目黒がいい」

という人もいたし、

「やっぱり白金がおしゃれでステキ」

という意見もあった。成城というセンもあったのであるが、かつてここに住んでいた私は小田急線がどんなに混むかよく知っていた。車を運転しない私は、電車が便利なところでないと困るのだ。

そして目をつけたのが、地下鉄千代田線と小田急線がクロスする代々木上原である。都心に近いというのに、とても静かな住宅地なのがいい感じ。駅もこぢんまりしていて、すぐ前に本屋さんや喫茶店があるのも気に入った。大邸宅が続くエリアもあれば、ちょっと行くと商店街も続いている。

不動産屋さんに頼んであれこれ探してもらい、土地が出るのを待って二年。そして家が建つまで一年半かかった。それにしても私は、本当に土地を見る目があったとしみじみと思う。私がここに引越してから十年たつけれども、あれよあれよという間に、超人気エリアになったのである。今じゃ自由が丘を抜いて、若い人の間では人気ナンバー1。雑誌でやたら特集が組まれるようになった。おいしいレストランが、ステキなショップがいっきに増えたからだ。この頃はみんな原宿の方から車をとばして食事にくるようである。

最近の「Ｈａｎａｋｏ」でも、大特集が組まれていた。本当に嬉しい。記事によると私の知らないお店もいっぱいある。私はさっそく「Ｈａｎａｋｏ」を手にして、その一軒に行ってみた。

記事に出ている写真を見せ、

「これと同じものをお願い」

と言ったところ、夫にみっともないと怒られた。

ところでその店は、ある有名店の支店である。その有名店は安くておいしいのでいつも混んでいる。テーブルにつくのが大変な店なのであるが、支店が出来ていたなんて知らなかった。さっそくいろんなものを注文する……が、なにかおかしい。本店ほどおいしくないのである。

その話をいつも行くヘアサロンのオニイさんにした。この店は一人でやっていて、朝の八時半にオープンしてくれるという〝マイサロン〟。カットは青山の別の店に行くけど、ここではいつもブロウしてもらう。彼は代々木上原いちの情報通で、知らないことはないと言ってもいいぐらいだ。

「ああ、あの店は兄弟ゲンカして、お兄ちゃんが本店を出ちゃったんだって。みんな支店が出来た、もう並ばないでいいって大喜びだったんだけど、この頃はあんまり行かないよ。本店ほどおいしくないってさ」

なんてことを聞くのが楽しいのも住民ならでは。今度はやっぱり「Ｈａｎａｋｏ」に出ていた、ものすごくしゃれたカフェに行こうと思ってる。そうそう、ものすごくおいしいお鮨屋がすぐ近くに出来て、ここはぜひのっけてほしいですね。

美人服のカラクリ

　この本が出る頃には古い話になってしまうが、冬季オリンピックはいろいろ考えさせられるイベントであった。なにかというと、美女のカラクリについてである。

　カーリングの競技を見ていて、私は息を呑んだ。みんなすごい美人なのである。頬が上気していて、ピンク色のチークがものすごく可愛い。目もキラキラ輝いてる。

「これだったら、引退しても芸能界へ行けるかも」

　本気でそう思った。しかし競技が終わり、インタビューを受ける時になると、ふつうに可愛いレベルの女の子になる。失礼ながらまるで別人のようだ。どうしてだろうと考えてすぐにわかった。

「そうか、氷がレフ板の役割をしているんだ」

光を反射させて顔にあてる銀色のレフ板。女性を撮影する時には欠かせないものであるが、彼女たちはあの上で競技をしているわけだ。スキー場へ行くと、男性がやたらカッコよく見えるのと同じ原理。

私はかねてよりカメラマンの人からのアドバイスを受けていた。

「スナップ写真を撮られる時は、白いテーブルクロスの上で。それが駄目だったら、白いナプキンを膝にかけておくだけで大分違うよ」

ただ、酔っぱらっていたりすると、そんなことはどうでもよくなってくる。しかしあのカーリングを見ていて、レフ板がどれほど重要なものかよーくわかるようになった。

そして私がクローゼットの中から見つけたのは、白いジャケット。三年前のジル・サンダーのものであるが、生地がとても凝っている。つるりとしていて、ブローチのピンを通さない。ジルのコレクションに出ていたものだ。特殊な素材で、とても高かったと記憶している。それなのに一回クリーニングしたところ、なんかツルン感が薄れていたような気がして、あまり着なくなっていた。

そしてこの二、三日着ていったら、どこへ行っても必ず誉められる。ジャケットじゃなくて私をである。

「まあ、ハヤシさん、どうして今日はそんなにキレイなのッ⁉︎」

コーティングしてあるような生地が、ものすごく光をはじいてくれているようなのだ。私はこれを「美人服」と名づけた。ふつうの繊維だとこうはいかない。光ではなく、カタチから見た「美人服」というのもある。私が思うにこれはフランス製のものが多いようだ。かの国は、女性をどうやって美しく魅力的に見せるかに心をくだいている。ちょっとしたリボンの使い方、色の取り合わせ、ときたらもうため息が出るぐらい。シャネルやディオールの服を着ると、もう自ら姿勢がまっすぐになるようなところがある。

今年、私がいちばん欲しいと思っているのは、ディオールのピンクのブラウス。ノースリーブで前で結ぶリボンなのであるが、ため息が出るぐらい可愛い。女に生まれた幸福を、このブラウスに表現しているみたい。はっきり言って、ユニクロやH&Mでは、この幸福感は出ないだろう。

ここのところちょっと痩せたので、昔の服をひっぱり出してはコーディネイトに参加させる。六年前にバーゲンで買ったヴァレンティノのスカートが、今年の春に大活躍だ。白い毛糸で編んだレーススカートで、これもどこへ着ていっても誉められる。

白いニットを組み合わせ、ドルガバのライダースジャケットを羽織ると我ながらいい感じ。

ところで美人服を着たら、いきつくところはやはりデイトですね。トシと共にそういう機会は少なくなっているので、そういう時は本当に頑張る私。

「どういう女になりたいか」

ということをまず自分に問うてみるところからデイトは始まるのです。なんてエラそうであるが、このくらいの演出をしなくちゃ楽しくない。

「カッコいい都会の女」をやりたかったら、ありきたりであるがトレンチコートのウエストをきゅっとしぼって、サングラスをかける。私の場合、仕事柄ジャケットが多いので、意表をつくためにニットなんかもよく着る。それもプラダやシャネルの少女っぽいものである。時々デニムを合わせたりすると、

「ハヤシさんのジーンズ、初めて見た」

なんて喜んでくれる人もいる（たまに）。そうした人と行くのはフレンチかイタリアン。やはり白いテーブルクロス効果である。それに洋のレストランは、照明を女性に合わせてものすごく気を遣ってくれる。

そこへいくと和食のひどいこと。私はよく西麻布の某店に行っていたが、蛍光灯が

白くつきさすようだ。ものすごく無神経な照明だったので、すぐに行かないようになった。

やはり初期デイトは白いテーブルクロス。それからこれはお店の人から教えてもらったのであるが、赤い大きめのワイングラスを、照明の真下、自分の顔に反射がくるようにしてまわすと、ほんわり顔がピンク色になるみたい。

そういえば、現場で女優さんがいちばん大切にし、いちばん気を遣うのは照明さんだと聞いたことがある。

過ぎたるはナンとやら

先日、友人と話していたら、

「前原大臣って、無駄にハンサムだよね」

という声があがった。

「何も政治家が、あんなにイケメンである必要はないじゃん」

なるほど、私も何回かおめにかかったことがあるが、確かに目のあたりが昔の青春スターのようであった。政治やるには、ああいう甘い二枚め風はちょっと不利かもしれない。同じハンサムでも、亡くなった橋本龍太郎さんのようにちょっと凄みがあるとか、小泉さんのようにやや三の線が入っている方がいいかも。

そういえば、今の若い人にはわからないかもしれないが、昔、昔、鳩山邦夫さんっていうのはすごぉくカッコよかった。奥さんのエミリーちゃんと一緒に、「風邪にジキニン、じきに治って」という薬のCMにも出ていたことがあったぐらいだ。セーターを着てちょっと恥ずかしそうにしていた鳩山さんは、いかにも名家の御曹司といった風情で、今ならマスコミがわっと飛びついたかも。

この「無駄にハンサム」という表現、女性では「美人過ぎる」ということであろうか。そう例の八戸市議から使われたような気がする。

あの市議さん、確かに美人であるが、服のセンスとピンクがかったタレントっぽい濃い化粧とが、女性から反感を持たれやすいかもしれない。女を売り物にしているととられかねないからだ。

蓮舫さんとか、野田聖子さんレベルぐらいの美人度が、政治家としては女性からも好かれていいような気がする。

さて、この「美人過ぎる」というのは、どの業界にも拡がっている。「美人過ぎる女優」という言葉はないので、そう美貌が必要とされない世界なのに、なぜかやたらキレイ、っていう人たちですね。

美人過ぎる教師、美人過ぎる編集者、美人過ぎるプレス、美人過ぎる作家……。

美人過ぎると、どういうことが起こるかというと、やたら声かけられてすごくイヤ（みたい）。仕事の話をしているのに、スキあらばという感じですぐに口説いてくる（そうだ）。ビジネスの相手から、心を打ち明けられたりするのはすごくうざったい（みたいです）。

何年か前、新人作家がグラビアにのっていて、コラムニストが、

「これだけ美人だと、他の女の作家から嫌われてきっと苦労するだろう」

と書いていて、かなりムッとしたことがあった。このレベルの顔と才能じゃ、嫉妬なんかしませんって。一応、作家っていう肩書きがつくから美人の部類に入るのであって、OLさんだったら、おしゃれしているふつうの女性というぐらいであろう。

が、あれも昔の話。今は川上未映子さんのように、さらっと芥川賞とって、さらっと新人女優賞をとる若い美貌の作家が出る時代である。実力の世界で「美人過ぎる」と言われるのは、いつしか軽蔑の要素も含んでいくのである。

ところでおととい私の大好きな「田舎に泊まろう」を見ていたら、ある歌手の人が山陰の漁村に向かっていた。そこで知り合った漁師のおうちに泊めてもらっていたのだが、そこの奥さんがやたら美人なのである。色が真白で大きな瞳と可愛らしい唇。ブラウンに染めた髪も、顔によく似合っていておしゃれ。泊まった中年の女性歌手の

人よりも、百倍芸能人ぽかった。幼なじみの旦那さんと結婚したということであるが、彼女にもうちょっと美人の自覚があれば、この村を出て、別の人生があったのではないか！　いやいや、厳しい芸能界に入るよりもこうして結婚して、生まれ故郷で家庭を持つ人生の方が幸せだったのかもしれない……。

などということを考えて昨日、家の近所の焼肉屋さんに入った。ここはサイドメニューもおいしく、ネギちぢみなんか本当においしい。しかし私の関心は別の方に向けられていた。水嶋ヒロ似のすごい美男子のバイトが入っていたからだ。そういうことをめったに言わないうちの夫でさえ、

「今、オーダーとりにきてくれた男の子って、すごいイケメンだねぇ……」

と感心したぐらいだ。

私は顔なじみの店長さんに尋ねた。

「私のブログにのせたいので、写メ撮ってもいいかしら」

「もちろんですよ。本人も喜びますよ。役者のタマゴですからね」

なんでもCMにちらっと出たりしているんですって。ハンサムなわけだ。

しかしていよく断られた。その理由って何だと思います？　次の中から選んでください。

①恥ずかしいのでヤダ。
②今、仕事中なので困ります。
③今日、ブロウが決まってないので。
答えは、

「事務所から禁止されていますので」

というやつであった。ふーん。

しかし週に一度は必ず行く店。いつか写メ撮ったる。ブログ楽しみにしててください。

デニムの葛藤

春が深くなるにつれ、もくもくと増量中の私である。こんなにお金をかけて痩せたのに、本当に口惜しい……。

しかし洋服は買う。がんがん買っている。なんかモノにつかれたように買っている。それはあるファッションブランドの人の話を聞いたからだ。

「この不況のおかげで、フランスやローマの職人さんたちの技術が途絶えようとしているんですよ。もうバッグづくりや、クチュールの名人といわれる人たちがいなくなりますよ」

着物の雑誌の人たちからも、同じような声を聞いた。

「この三年間で、京都の素晴らしい人たちの技術は絶滅しちゃいますよ」

そんなことになったら大変である。私はまわりの女性たちにこう呼びかけた。

「今よりも二割、ものにお金をつかいましょう。洋服を買いましょう」

が、たいていの人は、洋服よりも貯金だと言う。老後が心配なんだそうだ。

「ふつうのOLさんだったら、こんなことは言わないわ。だけどあなたは自営業で、それなりにお金を稼いでるはず。自分のところにお金がまわってきてほしいと思ったら、自分でもお金をつかわなきゃダメよ」

そりゃ、ファストファッションの楽しさ、というのもよく知っているつもり。ユニクロのデニムやTシャツのよさもわかっている。しかしね、大人のある程度稼いでいる女だったら、五万円のTシャツがどういうものかもわかってなくっちゃ。そしてそれを着る時の心地よさが、よし今日も働くぞ、という思いにつながるのではなかろうか……。

と、えらそうに言う私。

とはいうものの、私はふだん着はそうとうボロいものを着ている。たとえば「捨てようかナー」と思うニットがあるとする。クリーニング代をかける価値があるかどうかを考え、ないと判断すると汚なくなるまで着て、そしてポイします。それまでの間が、ものすごくみじめな格好をしているのだ。

よそいきにはうんとお金をかけるが、家にいる時はボロをコーディネイトも何も考えずに着ているって、よくない。本当のおしゃれじゃないかも。

いつも着ているものといったら、ユニクロのボーイフレンドデニムに、ボロいTシャツ。Tシャツの上には毛玉のついたセーターである。が、このデニムもあんまり汚なくなったので、せんたく機で洗った。替わりに香港で買ったダメージデニムを着た。このダメージデニムは、ボロボロで膝のところに穴があいているのにすごく高かった。まぁ、あたり前といえばあたり前のことであるが、デニムの場合、ボロいのに高い、というのはよくあること。

私の友人で、誰でも知っている若者向け企業の社長がいる。この人は五十代であるが、絶対にスーツなんか着ない。いつもデニムなのであるが、すんごいダメージを、高級レストランにも京都のお茶屋さんにも着てくる。ヴィンテージのすっごく高いもののようだ。

私の場合、そう高価なものではないが、そう安くはない。おまけにはくたびに破れが大きくなるので、すっごく大切にしている。めったにはかない。が、その時はちょっとはいてたわけ。

そうしたら、なじみのヘアメイクさんがこう言ったではないか。

「わー、ハヤシさんって、デニムがすっごく似合うー！」

「そうかしら……」

相好をくずす私。

「そうですよ、ブルーのダメージがこんなに似合う人ってなかなかいないですよ。ハヤシさんの年で」

最後のひと言が余計であるが、私はすっかり嬉しくなってしまった。

「そおー、やっぱりそう思う？　私もね、デニムは人前でめったに着ないけど、大好きなのよ。どうしてベスト・ジーニスト賞に選ばれないかと思ってるぐらいなの」

「そーですよ。もっと雑誌に出る時にじゃんじゃん着れば、きっとジーニスト賞ですよ」

気をよくした私は、

「今日の対談、これで行こうかなー」

と言った。

「相手はさ、デザイナーの佐藤可士和さんだし。あの人、きっと先端のカジュアルできめてくるよ。いつもは対談ホステス側だから遠慮してたけど、今日はゲストだしさ。

たまにはいいよねー。ジーニスト賞のためにも」

「やめてください」

と秘書のハタケヤマ。

「仕事にはやっぱりきちんとした格好で行ってください。お願いしますよ。それに、ハヤシさんが言うほど、そんなに似合ってるとも思えませんけど」

本当にいやな女だ。

そして対談に行ったら、可士和さんはスリムデニムでやっていらした。

「相手の可士和さん、やっぱりデニムだったよ」

と恨みがましく言ったら、

「かぶらなくてよかったですね。ハヤシさん、どんなことしたって可士和さんにかなうはずないですから」

だと……。これが真実かもしれない。このデニム、ローライズのため、腹の肉がはみ出てるし……。

ヅカは別腹

私は自分の心を試してみたくなった。

そお、完璧にヅカに染まるか、ということである。

私はそれまで何度か宝塚を見ていた。確かに面白いとか、演技力が素晴らしいと思ったものの、熱狂というところまではいかなかった。しかし私の友人たちは違う。ハマってしまった結果、すっかりあちら側に行ってしまった人たちが何人もいる。こういう人たちが宝塚のことを喋り出すと、もう仲間に入っていけない。みんなが私を置いて、ヅカ通いに精を出しているのを、なにか淋しい気持ちで見ていた私。

しかし私は、もう今までとは違う。そお、例の素人ミュージカルで、元宝塚トップ

スター、姿月あさとさんの恋人役に扮したことはもう何度もお話ししたと思う。あの時はもう、毎日が夢心地であった。姿月さんと会える嬉しさに、せっせとお稽古場に通ったっけ。

「オレがお前を守ってやるぜよ」

と龍馬になった姿月さんに言われた時の陶酔感……。セリフとわかっていても、ぼーっと気絶しそうになったワ。

もちろんレズとかそういうことではない。現実には絶対いない、美しくカッコいい男性にすっかり恋してしまったのである。これぞ宝塚の本道であろう。

ということで、〝姿月愛〟を知ったからには、今までとは違う目で宝塚を見ることが出来るに違いないワ……ということを仲よしの中井美穂ちゃんに話したら、無理してチケットを都合してくれた。ミポリンもこの頃はヅカファンなのである。彼女は宝塚だけではなく、歌舞伎、ストレートプレイ、ミュージカルと、ありとあらゆる芝居を見ている。ほぼ毎日、劇場に通っているといってもいい。私は尋ねた。

「ねぇ、ニナガワ芝居を見た直後、宝塚見ても違和感ってないもの？　なんかリアリティないなあ、って思ったりしない？」

「ゼーンゼン」

と彼女。

「女性だけでこんな素晴らしい演劇やってるところは、世界中どこを探してもないですよ。どんなリアリティ溢れる芝居見ても、やっぱりいいと思う。ヅカは別腹です」

ヅカは別腹、うまいことを言う。

さてその日の演しものは「ハプスブルクの宝剣」、大型スターの呼び声高い柚希《ゆずき》礼《れ》音《おん》さんの主演だ。劇場の前でミホちゃんと待ち合わせしていると、牧瀬里穂ちゃんも現れてびっくり。里穂ちゃんとは十年以上前、一緒のところで日本舞踊を習っていたこともある。

里穂ちゃんは隣りの席で、いろいろお喋りする。前から三番めのセンター。スターさんが間近で見られる最高の席である。

「里穂ちゃん、結婚したら一段とキレイになったね」

「そんなことないです。すっかり出不精になりました」

なんて言ってたら、私の前の席の女性が振り向いた。なんと真矢みきさんではないか。以前一度対談でお会いしたことがある。今「いちばんカッコいい女性」として、いろんな雑誌に特集されまくっているが、本当に美人。

「どこかで聞いた声だわ」

マキセ、ミポリンと真矢さんはみんな同じ事務所なのだ。真真矢みきさんは、元宝塚トップスターの方だから、最後のレビューの時は出演者がみんな真矢さんに会釈したり、微笑んだりする。真後ろに座っている私はとてもラッキー！

矢さんはみんなに笑顔のお裾分けにあずかっているのだ。

それにしても美女に囲まれ、美女を見るというのはめったにない経験だ。ラブシーンにはじーんときた。そう、あのミュージカルのことを思い出して、とても他人ゴトとして見られないのである。ああ礼音さんって素敵。だけど私の姿月あさとさまも本当に素敵……。

やはり私は変わった。宝塚が身に染みてくるようになったのである。この分ではあと二、三回続けて見ると完璧にハマりそうだ。ミポリンは来月のチケットもとってくれると約束してくれた。

帰りは途中までマキセと一緒。昔から可愛かったが、その日は可愛すぎるぞ！　私服がとてもセンスがいいのだ。かなりブリーチして前髪をおろしてるのが、日本人に見えない。こんな金髪っぽい髪が似合うのは、ヅカガールかマキセぐらいだろう。ベージュのトレンチが、パリのリセエンヌみたい。隣りの席にいるので見えたのだが、こげ茶のブーツの中は、銀色のハイソックスだ。

「なんて可愛いの！」

おばさんは興奮して叫ぶ。

「見えないとこまで凝ってるじゃん」

「そんな、ふつうですよ」

頬を赤らめるマキセ。そういえば、私のジムのインストラクターの女性が言った。

彼女は福岡で、高校時代のマキセを知っているそうだ。

「博多に天使みたいな綺麗な女の子がいるって大評判だったんですよ」

宝塚の団員たちも昔から美少女の誉れ高く言われて、全国から集まってきているのであろう。宝塚は美女のカタマリ。そして背の高い美女は男性にするのだから、心をぎゅっとつかまれるのはあたり前なのかも。

よりどりみどり

私のブログを見てくれている人のファンサイトへの投書、

「マリコさん、やっぱり太りましたね。お腹のまわりがブクブクしていますよ」

そお、いちばん痩せていた昨年よりも、四キロ超過している。

それというのも、この美食の日々。私のブログを見ている人ならおわかりであろうが、このところ毎週のようにどこかへ出かけ、おいしいものを食べている。

まず先々週は、高知の繁華街が丸ごと宴会場になる「土佐の大おきゃく」というところに行き、飲めや歌えの大騒ぎ。舞台での芸者さんの三味線に合わせ、最後には踊っちゃった。祭りのあとも夜遅くまですんごいご馳走を食べ、地酒を飲み続けた。ナオミ・カワシマも一緒だったから、ワインだっていっぱい飲んだぜよ。

そして先週は大阪へ行き二泊した。リッツカールトンという高級ホテルに泊まり、行ったところはディープ・大阪。通天閣の真下の串カツ屋さんやモツ鍋屋に出かけたのだ。

そして次の日はなごりのフグ。雑炊まで食べてお腹いっぱい。

ものすごく食べまくったが、先々週にはかなうまい。

話は変わるようであるが、私の友人には建築家が多い。それもイケメンばっかで東大の同級生同士なのだ。

若き日の三國連太郎さんそっくりの團紀彦さんは、かの有名な作曲家、團伊玖磨さんのご子息である。長身のうえ本当に俳優にしたいようなお顔である。

今、超売れっ子、隈研吾さんも背が高いしおしゃれな建築家だ。話題の根津美術館、歌舞伎座を手がけている。

そして京大准教授の竹山聖さんも、昔からイケメン建築家の呼び声高い。その竹山さんが手がけたひとつが、箱根の強羅花壇という名旅館である。あのよく雑誌で紹介されるやつだ。

「またひとつ山代温泉に、すごくカッコいい旅館をリニューアルしたから、一度行ってみて」

としきりに言うので、行ってきました。この温泉は小松空港から三十分という便利な土地にある、十五室しかない高級旅館で、それぞれの部屋には露天風呂がついていて、インテリアはスタイリッシュな和というやつ。が、さすがは竹山さんらしく、本物志向の落ち着いた雰囲気だ。

贅沢なつくりでリラクゼーションするためだけの広い空間もある。ここのエステは有名だそうで、さっそくやってもらう。

最近地方のホテルや旅館で、エステをうたうところは多いが、その技術はたいしたことがない。ひどいところは、お客がある時だけ、ふもとの美容室の人がやってくるところだってある。

が、そこのエステティシャンはとてもうまかった。三時間近くかけて、ボディからお顔までやってもらい、もう極楽、極楽。そして浴衣のままで部屋でご飯を食べる極楽も待っている。

歯を磨くだけでいつでも寝れるから、どんどんお酒だって飲んじゃう。お料理はずわい蟹に、とれたてのタケノコ、お魚ののどぐろの焼き物ｅｔｃ……。おいしい……。

こういうのにはやっぱり日本酒でしょう。石川のお酒「菊姫」に、福井の「黒龍」

をぐいぐい。もう最高です。

そして次の日は、朝早く起きて露天風呂に入る。こうしながらも私の右手にはブーメラン状のものが握られている。それは何であろう、そう、ここのところの私の愛用品、新型の美容ローラーである。Yの字になっていて、フェイスラインに使いやすいのがミソ。このあいだ撮影があり、右側だけコロコロしていたら、あきらかに左側と違っていていびつになってしまったぐらいだ。

これはお風呂の中でも使えるので、ウエストやお腹をコロコロさせることが出来る。祈りを込めてウエストラインをなぞる。行方不明となったウエストよ、どうかこの魔法で戻ってきておくれ……。

しかし三日間、食べに食べ、飲みに飲んだ私のウエストは、前よりもだらけた直線を描くようになっている。

いつものクリニックで、体重を測る日がやってきた。私は三日前から晩、眠れなくなった。実は恐ろしさのあまり、ずっと体重計にのっていないのだ。なんとか体重を落とそうと努力はしたもののうまくいかなかった。

前の晩などは、夢にまでみる始末。人は言うはずである。

「そんなに気になるなら、ダイエットをすればいいじゃないか」

そんなことはわかっている。わかっているが出来ない。その前の日も、ワインとフレンチを食べてしまった。

そして今日、看護師さんの前で体重計にのる。ガーン、二キロ太っていた。

先生はおっしゃる。

「だけどリバウンドの波が小さくなってますよ。二キロ、増えたり減ったりするのは安定してます。今度はこの波を一キロにしましょうね」

もともとは精神科の、デブの心理にたけたやさしいお医者さんなのである。建築家もいいけどお医者さんもいいかも。この方、独身だし……。

おしゃれの絶対条件

明け方の光で目を覚ました。化粧をしたまま、服を着たまま居間のソファで寝ているじゃないか。

「あら、まっ」

こんなことは私にしては珍しい。酔っぱらって帰ってきて、そのままどさりと寝てしまったのだ。

昨夜の記憶がまるでない。男の人と飲んでいたから、きっと送ってくれたんだワ。最近家のまわりの飲食店がものすごく充実してきて、駅前のレストランやバーに行くことが多い。地元という安心感から、この頃ついお酒を飲んでしまうようだ。

それにしても、全く憶えていないくらいどろどろに酔っぱらうなんて……。昔だったら、その男の人とナンカあったんじゃないかと疑うところ。人に言えないような恥ずかしいことをいっぱいしてきた。ま、今はそんな心配がまるでないので、私はケイタイのメールを打つ。

「私、昨夜のこと、何も憶えてないいんだけど」

「バーに入ったら、あらここにラーメンのメニューがあるって、すぐに頼んでたよ」

ものすごい量食べ、お酒を飲んだ後でラーメンを食べるとは……。さっそくヘルスメーターにのったら……。ガーン、ラーメンはてきめんであった。

全く自分のだらしなさ、根性なしに涙が出る。せっかくお医者さんについて、高いお金を払ってダイエットしても、このとおりじゃん……。

あぁ、くさくさするわ。こんな時は買物でもしよーっと思いたったが、ここのところサイズが確実に大きくなってるしな……。といったところにファッション誌の編集長がやってきた。スリムデニムにエルメスのブーツと紺ジャケを合わせ、乗馬服のようにしている。襟元にはもちろんエルメスのスカーフ。

「ハヤシさん、今年の春はエルメスのスカーフ、キテますよ。うちの編集部でも、ほぼ全員って言っていいぐらいしてますよ」

「えー、エルメスのスカーフねぇ」

そんなもん、私のトシだったらいくらでも持ってるわい。バブルの頃、プレゼントやお土産はエルメスのスカーフときまっていた。自慢じゃないけど、新品は後日こっそりインターネットオークションにかけたぐらいだ。

さっそくその日、チョロランマこと私のクローゼットにわけ入った。十数枚のスカーフは透明の書類用のファイルに入っている。当時何かの雑誌に「スカーフのしまい方」として出ていたものだ。

考えてみると、悲しいことに宝石にまつわる男の思い出はない。が、スカーフならある。男の人が海外出張の帰りに買ってくるお土産はいろいろあって、気のきいた男なら、あれこれアクセやちょっとした着るものであろうが、私の場合気がきかないのばっかりだったんで、たいてい機内販売のスカーフ。エルメスじゃなく、フェラガモにされた時は、相手の気持ちがわかったようでムッとした。そう、フェラガモは三千円か四千円安いのである……。

そんなことよりクリアファイルが見つからない。私は服の山に押し入り、押しわけスカーフを探そうとした。そんなことをしているうちに、タコ足ハンガーにかけていたものがどさっと落ちてきた。

この頃わかったことがある。おしゃれって結局はディティールのアイテムだ。私は流行の服を買い、それなりにコーディネイトしているが、これといったキメテがない。それは小物なのである。

おしゃれとかファッショナブル、といわれる女性は、小物に凝りに凝っている。バングルをじゃらじゃらつけ、リングもいっぱいしている。そしてベルト、靴、スカーフの端々まで神経がいきとどいているのだ。

私が真似しようとしても致命的な欠陥がふたつある。ひとつは腕が太いためにバングルというものが出来ない。リングもサイズに制限あり。

それと整理整とんがまるで出来ないことだ。私とてアクセはよく買う。このあいだはコットンでつくったパールをいたく気に入り、しょっちゅうつけていた。が、今は手元にない。はずしたとたんにどこかへ消えてしまった。安い小物はすぐにどこかへ行ってしまう。Tシャツやカットソーも着たい色がすぐ出てこない。

あぁ、神さま、私にチョロランマを探検する時間と体力をください。

ところで今年（二〇一〇年）のマストアイテム、バーバリーのコートを買ったことは、もうお話ししただろうか。ふつうのトレンチは興味なく、今までデニムやショート丈といった変型しか買ったことがなかった。が、今年はバーバリーのトレンチがなきゃ始まらない。これにヒールと大きめのサングラスできめなきゃ。このあいだジル・サンダーで買ったばっかかのサングラスは……。

やっぱり行方不明となっている。おしゃれとは、整理整とんと見つけたり。

あっぱれ、肉食系！

むくむく増量中のワタシ。ホントに何とかしなきゃ。が、もうデブというのは私の宿命かもしれない、とこの頃思うようになっている。

最近「ロールケーキ評論家」と名乗る私のところへ、ぞくぞくと情報、または品物がもたらされる。ある人は言った。

「麻布十番の喫茶店〇〇のロールケーキが最高だよ。絶対に食べなきゃダメ」

しかしわざわざロールケーキのために、麻布十番に行くのもナンだよなあ、と思っていたら、食事に誘われた。レストランの地図を見たらなんとその喫茶店の近所ではないか。店の中を覗いたら、古い文字どおりの喫茶店である。が、奥のショーウイン

最近は
テレビの
コメンテーター
もしてます
胸が

お尻と
いわれてます

ドウに、確かにロールケーキが並んでいる。入っていき七つ箱に入れてもらった。和食屋でデザートとして食べた。

このあいだは誕生日に、偶然にも秋元康さんと麻生圭子さんの二人から、入手が最も困難といわれる京都の津田陽子さんのミディ・アプレミディのロールケーキが送られてきた。おいしい！ 上品なクリームと、スポンジのふわふわ感がなんともいえないのである。

そしてロールケーキの名店、はらロールがいつも私が行くヘアサロンの近くにあるというのを先日知ったばかり。さっそくサロンの帰りに買った。こういうロールケーキはひとつひとつ写真を撮ってブログにコメントする。そして三切は食べる。ま、ちょっと言いわけさせてもらうと、スイーツを食べるのは午前中だけと決めている私。十二時を過ぎたら、おまんじゅうも、ランチのデザートもきっぱりやめます。

ところで最近、アンアンでは若手男性アイドルのヌードがよく出る。「肉食系女子が増えたから」とマスコミは書きたてるが、昔から女だっていい男の裸は見たい。私なんか欲張りなので、出来たらナマで、薄闇の中でぜひ見たい。しかし見るということは、向こうからも見られるということで、それはちょっと困る。出来たらこっちは見られない状況（シーツをしっかりと巻くとかさ）で、あっちはバッチリ見られる、なんていうのが理想かしらん……。

なんていうことをあれこれ考えていたら、お食事のお誘いの電話がかかってきた。私も一度だけお会いしたことがあるさる大金持ちが、女性たちにご馳走したいというのである。超高級料亭で、いいワインもたくさん出る。そのうえ、途中からイケメン俳優さんが駆けつけるというのだ。

「自分のようなおじさんだけじゃ、来てくれた女性たちに悪いから」

という大金持ちの配慮である。私はワインとその俳優さんにつられ、ディナーにお招ばれすることにした。

その夜、招ばれていたのは、某女優さん、某銀座のクラブのママさん、某政治家夫人、某フラワーアーティストという、私もよく知っている人ばかり。女優さんはもちろんみんな美人で有名な方たちだ。そして編集者のナカセさんもいた。彼女は前回メールで、

「すごい人たちばっかりで、私なんか行ってもいいのかしら。このところまたデブになって着ていくものがないんですぅ」

なんて嘆いていた。確かにいつものようにチュニック風ワンピースを着ている。これだと体を締めつけないものね。

食事の時、乾杯でビールが注がれようとした時、女優さんが言った。

「私、やっぱり乾杯はシャンパンがいいな。いただいてもいいかしら」

ちょっと小首をかしげる様子の可愛らしさに、私も、隣りの席のナカセさんも感動した。

「ハヤシさん、やっぱりシャンパンをねだる女は、ああでなきゃいけませんねえ」

「女が見てもキュート！　ドンペリでもクリスタルでも、ガンガン抜いてくれっていう気になるよね。技あり！　って感じだよね」

が、その夜はいろんな技が見られた。芸者さんも入って、男ってこんな風にイジられるとうれしいんだ、ということをいろいろ学んだ。

が、大金持ちはいつのまにかワインのグラスを持って移動し、ナカセさんの隣りに座った。そしてべったりそこから離れなくなったのだ。

私はその時、わかったのである。

「そうか、今夜のおめあてはナカセさんだったんだワ」

大金持ちがナカセさんとご飯を食べたいばっかりに、私も、女優さんも、クラブママも招ばれてたのである。つまり私ら全員ダシにされたのだ。

恐るべし、ナカセパワー。そういえば何年か前、ナカセさんは「魔性の女」（実は

私が命名した）ということで、かの『AERA』に取材されたことがある。ナカセさんは

「読んだ人が信じてくれなくなるから、写真だけはやめて」

と頼んだそうだ。そこに書いてあったモテる秘訣によると、

「ふだんは三枚めでも、男と二人きりになったら二枚めに徹する。ガラリとキャラを変える」

「とにかく男の話を聞いてやる」

というのである。が、その成果をまのあたりにすると言葉に真ぴょう性がある。彼女を見てるとダイエットが何？　という気になってくるのだ。肉体とパワーの魅力。まさに肉食系女子！

強がりじゃないもん

「アンアン」を出版しているマガジンハウスは、東銀座の歌舞伎座の裏にある。これは本当に都合よかった。なぜなら、歌舞伎を見に行った帰りにちょっと寄って、この原稿を書いたり、イラストを渡したり出来るからである。

本心はどう思っているか知らないが、お邪魔すると担当者もみんな一応は歓迎してくれる。会議室を貸してくれ、コーヒーをとってくれたりする。そんなわけで私は図々しく居座り、他社の原稿を書いたり、ファックスを使ったものだ。「私の東銀座事務所」と呼んだこともある。

が、そんなマガジンハウスと私との素敵な関係が一時中断される。なぜなら四月をもって歌舞伎座は取り壊されることになったからだ。

そんなわけで、「さよなら公演」には、なんと三回も行った。三部制に分かれたのを毎日見に行ったわけだ。

ものすごい人で、ロビーも売店も熱気でむんむんしている。私も久しぶりに人形焼きをお土産に買ったりした。

私のまわりでも、歌舞伎座を惜しむ声は多い。エディターとか、スタイリストといったおしゃれな女性たちである。ファッションという最先端の仕事をしている女性たちに、歌舞伎ファンがたくさんいるのは、ちょっと不思議。

私も三十過ぎからよく見るようになって、毎月必ず歌舞伎座に通っている。

もちろん〝エビさま〟こと、海老蔵も大好き。パリまで襲名披露公演を見に行ったことがあるぐらいだ。彼が高校生の時から知っていて、ぐんぐん人気者になるのを見続けていた。カッコいい男性になり、テレビの画面からもオスのにおいがぷんぷんしている。助六での〝口上〟も本当によかったワ。

最近週刊誌を見ていたら、篠山紀信さんがエビさまを撮っていて、それがため息が出るぐらいセクシー。着物ではなく、ふつうの白いTシャツを着ている写真が、特に男らしくかつ色っぽい。鍛えられた筋肉がむんむんしてる。

「小林麻央ちゃんって、こういう写真を見てどういう気分なのかなァ。こんないい男が自分ひとりのものなんだワ、っていう幸福を噛みしめているのかしら……」

私は傍のハタケヤマに話しかける。

「いいなぁ、エビさま、素敵よね……」

品のいいオスのにおいをさせて、笑っても、傲慢なことを口にしてもきまってる。そこいらの草食系の男の子など、百人束でかかってきてもかなわない魅力。伝統と礼儀を重んじる歌舞伎のおうちから、当代きっての肉食系男が時々出現するから面白い。あのモテモテの獅童さんなんかもいるしね。おそらく、きっちりと躾《しつけ》られることの反ぱつが、やがてすごいエネルギーをつくり出すのであろう。ただ甘やかされて、のんびり育った男の子は草を噛むだけの生物になるのかもしれない。

ところで世間で言われている〝肉食系男子〟というのはどういうのを言うのであろうか。このあいだお酒の席で話題になった。そしてこんな条件が次々と出た。

①女に対してものすごく積極的、こうと決めたらガンガン攻めてくる。

②自信家。

③もちろんセックスがすごく強い。

④よく食べよく飲む。一晩中飲んでいてもヘッチャラ。
⑤リーダーとしての素質があるが、人の上に出ることを好まない。
⑥保守的なところがある。
⑦いろいろな分野で成功することが多い。
⑧装身具をつけるのが大好き。時計なんかものすごく凝る。
⑨スポーツ大好き。車も大好き。
⑩当然のことながら、浮気はしょっちゅう。それを悪いと思っていない。
実は私、この十個の条件にぴったりの男を知っている。昔からの友人だ。私は彼のことを人に聞かれるたび、

「ゴリラの、体中の毛を抜いて出来上がった生き物」

と答えることにしている。そうすると会った後みんな「ぴったり！」と感心してくれる。

彼は学生時代からモテにモテ、あらゆる女性を掌中におさめてきた。その中に年上の美しい人妻がいて、私は一時期、彼女ととても親しかった。ある日、二人でオークラでランチした時のこと、

「彼とここで会っていたことを思い出すワ」

と、うっとりした表情になり、私はちょっと引いたものだ。

「彼にとって、セックスってインドアスポーツだから、そりゃすごかったのよ」

だそうである。ふーん、という感じ。

私にとって肉食系男子は、全く縁のないものであった。こちらも無視であるが、あちらもアウト・オブ・眼中であったろう。

なぜなら、オスの最たる肉食系は、美しいメスしか選ばない。女の個性なんて、まるで認めていない。美しく、やさしく、可憐なメスを、大勢の中から選び出す。もちろん私は選ばれたことはない。いいもん、肉食系なんて本当は暑苦しくて嫌いだもん。

燃え続けているぜよ！

つい先日のこと、わが故郷山梨へ、ちょっとした用事で帰ることになった。仲よしの脚本家、中園ミホさんも一緒だ。

「私ね、山梨っていつも車で通り過ぎるだけで、ちゃんと行ったことがないの。初めてだから嬉しいな」

と、彼女は言う。用事が終わるとちょうどお昼どきだったので、勝沼の原茂ワインに移った。ここのカフェテラスは私の大好きなところ。テラスの席から、まわりの葡萄園と盆地が目の前に見える。おまけに美人の若奥さんがつくってくれるオードブルが、しゃれていておいしい。チーズやハム、地のお豆腐に、近くの工房から届けられる、ハードタイプのパンもかなりのレベルである。生憎《あいにく》と朝から雨が降っていてとても寒い。しかし私たちの他にお客はおらず、昔の蚕室を改造した屋根裏のカフェテラスは、しっとりといい感じだ。ここで原茂園の白ワインを抜き、チーズや熱々のポトフを食べるといくらでも入る。ちょっと酸味のある白ワインのおいしかったこと。何でも珍しい葡萄種なのだそうだが、酔っていて忘れてしまった。

中園ミホさんは言う。

「もー、ここで一日中飲んでいたいよ。最高だよ」

「今夜そこに泊まってけばいいじゃん」

と言うのは、私の同級生サトー君である。原茂ワインの隣りに住んでいるため、いつも駅までの送り迎えもしてくれるのだ。

「ほれ、そこは温泉もあるだよ」

彼が指さすのは、盆地の中腹にあるぶどうの丘センター。ここにはレストランやホテルもある。

「残念だけど今日は帰らなきゃ」

と中園さんも私も立ち上がった。帰りの中央線で二人とも爆睡する。私はそのまま池袋へ行きサイン会をしたのであるが、少々アルコールがにおっていたのではないかと心配だ。

そして今週は、またプライベートで高知へ遊びに行ったぜよ。夜のお座敷芸も楽しかったが、次の日、海辺の漁師さんがやっているお店には感激した。昔のお金持ちの別荘跡地に建てられた家で、広い縁側からは晴れた土佐の海が一望出来る。ここで朝捕れた蟹やタコを食べ、冷たい日本酒をがんがん飲むと、もぉ本当に極楽ぜよ。

私は故郷山梨を愛する者であるが、あそこには海がない。よって海があり魚介が豊富なところについ足が向いてしまう。他に海があるところもあるのであるが、高知の人たちのラテン気質といおうか、とにかく飲んで騒ぐの大好き、という県民性は私とぴったり合って、このところやたら遊びに行ってしまう。

これは私の仲間も同じであろう。昨年（二〇〇九年）の十一月、高知で文化人の団体、エンジン01のオープンカレッジをやったことは既に何度も書いたと思う。

あれから半年たつのに、まだ私たちの熱は冷めることはない。

「楽しかったねー」

「また行きたいねー」

とたえず話し合い、このあいだはついに映写会まで開いてしまった。オープンカレッジの際、会員総出で作り、出演したミュージカル「龍馬」のＤＶＤを見ようと集ったのである。場所は乃木坂のシアターバー。本格的なスクリーンのついた個室に、二十人が集った。

脚本を書いた中園ミホさんに、作詞を担当した秋元康さん、作曲の三枝成彰さん、出演した川島なお美、鎧塚俊彦夫妻、中井美穂ちゃん、勝間和代さん、和田秀樹さん、そして私。遅くなってから、舞台の終わった主役、姿月あさとさんも駆けつけた。私は新聞社や週刊誌の記者も誘った。みんな噂のミュージカルＤＶＤを前から見たいと言っていたからだ。

盛り上がったなんてもんじゃない。みんなお酒も入っているので、大きな歓声を上げ、手拍子をうつ。エンディングテーマでは、みんなで一緒になって歌った。

「こんなすごいミュージカル、他にあるかしら」

終わった後私は叫び、みんなもそーだ、そーだと同調する。

「こんなにお客が感動して、三階までスタンディング・オベーションの舞台って、ちょっとないわねー」

朝日新聞の学芸部の人も、

「とてもよかった。涙が出てきた」

と言ってくれたほどだ。しかし会場にひとり、私たちとは意見が違う人がいた。実は私たち、再演を願ってさる劇場のえらい人たちを招んでいたのだ。

その方はとても冷静であった（あたり前か）。

「まぁ、これはちょっと、うちには無理ですが、みなさん、とても頑張りましたね」

小学生の学芸会を誉めるような口調であった。

「お客さんも楽しんだかもしれないけれど、いちばん楽しんだのは、出演していた皆さんですよね」

まあ、確かにそのとおりかもしれないが……。私はマイクを奪ってまた言った。

「そこだけが劇場じゃない」

「そーだ！　そーだ！」

「私は座長として、きっと東京公演を実現させます。北千住にも浅草にも立派な劇場はあるぜよ！」

そう私らの〝高知愛〟は決して消えることはないのである。

キラキラしたいの

いつものクリニックへ行き、看護師さんの前で体重計にのる。これはもう拷問だ。

「ひえーッ」

と悲鳴をあげる。なんと、ちょっと行かない間に三キロ増えているではないか!

痩せたら嬉しさのあまり、アンアンはじめ女性誌に出まくっていた私。

「美しくなることを諦めてはダメ」

なんてえらそうなことを言って、本当に恥ずかしい。

そういえば、例の龍馬のミュージカルDVDを見るたび、私はいつも悲しい感慨にふける。

「人間の顔って、こうも違うものかしら。同じ日本人なのに」

私の真横には姿月あさとさんがいる。もともと彫りの深い顔に、くっきりと濃い舞台化粧をしているので、その映えることといったらない。そこへいくと、私の顔の平べったいことといったらどうだろう。目も鼻も口もパーツは全部大きいけど、なんというか平地に物体が落ちている、っていう感じ。姿月さんのように鼻高く、大きな瞳がおさまるところにおさまっているのとはほど遠い。特に差が出るのが二人並んで横から撮られている時である。プロフィールとなると、美女との差は歴然だ。くっくっ、つらい。

「私って、このレベルで今まで頑張ってきたのね……」

涙が出そう。

私のまわりで、自分がブスなことを絶対に認めない女は結構いる。すると不思議なもので、まわりも何となくそれに従ってしまうのだ。しかし私はいさぎよく認めようではないか（エラそうだな）。ま、姿月さんのような人とラブシーンを演じた自分がバカだったワ。しかもここのところどんどんデブになってるし……。

こんな時はパーッと買物をするに限る。といってもこの出版不況の折、入ってくるお金はうんとジミになっているではないか。

あーた、ブスで年増でデブで、ビンボーときたらもう目もあてられない。だけど私はお買物します。欲しいものは手に入れる。それが私の人生である。表参道のプラダブティックに入った。

しかし悲しいかな、サイズはあきらかに二ヶ月前と変わっている。初夏ものがきつくて入らないのだ。

しかし私の目はあるニットに釘づけになった。そう首まわりにラインストーンがキラキラついているのである。

実を言うと、私はヒカリモノに目がない。ラメ入りや、ラインストーンの服には昔からつい手が伸びてしまうのだ。しかし買う時は鉄則がある。それは安モノのヒカリモノは買わない、ということだ。

うんと若い子が、やたらキラキラしたものを着るのは可愛いが、ある程度年がいった女は、絶対に真似してはいけない。肌の艶がなくなった女は、安物のヒカリ光線にやられてしまう。

ヒカリモノこそブランド力、プラダやルイ・ヴィトンといった品よく可愛いものをまとわなくてはならない。だけどこれがシャネルとなると、ヒカリモノというカジュアルさが消え、もっとフォーマルっぽくなるような気がする。

その日私が買ったのは、白いお花がいっぱいついているTシャツ。これは黒く細いリボンがついていて、後ろで結ぶようになっている。そしてさっき言った、首にヒカリモノをいっぱいつけたニットである。

そういえば昔、コム・デ・ギャルソンで、首にまるでネックレスをたらしたみたいなラインストーン付きの、可愛いTシャツが売り出されていたことがある。すごく気に入って三枚も買ってしまったことがあったっけ。

このようにヒカリモノが好きな私であったが、長いこと宝石には興味がなかった。とてもおばさんっぽいものと長いこと思っていたからである。

しかし十年ぐらい前、「ジュエリーベストドレッサー賞」をいただいてから、わりと揃えるようになった。うんといいパールから始まって、ダイヤの小さいの。ダイヤはまわりに小さいダイヤをちりばめると、ぐっと金持ちマダムっぽくなるので、オリジナルで石から探してもらった。ごくごくシンプルな四角いダイヤを、まわりに何も細工しないでただリングにしたやつを、とても気に入ってよくつけている。

デニムとかに、さりげなくダイヤのリングしているって、大人だけにしか出来ないおしゃれなような気がするけどなあ。

そう、そう、十日前のことである。デパートの外商が、

「ハヤシさんが、前から欲しがっていたピンクダイヤが入りました」

といって持ってきた。しかもこの不況のため、うんと割り引いてくれるということである。迷いに迷い、やはりやめた。なんか予感がしたのである。そしたら三日後、家の十年めメンテナンスの見積もり書が届いた。なんとピンクダイヤとほぼ同じぐらいではないか。

ダイヤを買っていたらと思うとぞっとする。

そんなわけで当分、本物のヒカリモンは買えない。可愛いヒカリモンで我慢しよう。いや、充分こっちで満足してるけど。

太っ腹な一夜

夏となり、Tシャツを着るようになったら、お腹がぽっこり、みっともないったらありゃしない。

あっという間に十二キロ痩せ、そして六キロ戻っちゃった。なんとかここで踏みとどまっているのは、毎日ヘルスメーターに上がることを自分に課したからだ。

ご存知のように、体重というのはヘルスメーターに上がらなくなると、その隙にするするっと増える。魔法のように、呪いのように増える。だからどれほどつらくても、どれほど悲しくても、毎朝ヘルスメーターにはのらなくてはならない。そして反省という言葉を噛みしめ、その日いち日生きるのだ。

「詩　運命と宿命
もしデブが私の宿命ならば、
甘んじてそれを受けよう。
宿命と運命とは違う、と言ったのは誰だろう。
デブは運命と思いたい。
運命は変えられるのだ、きっと。
少女の頃から、ずっとなじみだった
この下腹の重みは、時には軽くなり薄くなる。
恋をした時には消滅したこともある。
恋も運命と同じように、デブも運命に違いない。
だから運命が、私にどれほどの肉を与えても、いつか笑顔でふり落とそうではないか」

さて、生ビールとギョーザのおいしい季節がやってきた。私はここのところ、毎日ヘルスメーターにのり、反省を重ねているので生ビールはぐっと我慢する。が、ギョーザは我慢出来ない。
私の実家ではよく水ギョーザをつくったが、私はやっぱり焼きギョーザが好き。

ついこのあいだのこと、「餃子の王将チェーン」の社長さんと、対談でおめにかかった。その際、「お近づきのしるしに」と、ぶ厚い封筒をいただいたのだ。中を開けると、餃子の王将のチェーン店、どこでも使える食券が五万円分！　わーい、わーい、ものすごく嬉しい。私も喜んだが、まわりの人たちも喜んだ。

「ハヤシさん、それでご馳走して」

というので、私は豪遊させてやることにした。マガジンハウスの編集者たちが、まず最初に言ってきたので条件を出した。

「おたくのバイトさんも連れてきてね、この頃の食べない男の子はやーよ。ものすごく食べて飲むコをお願い。イケメンならもっといいけどさ」

私の友人の中で、最も大喰いの中井美穂ちゃんも来ることになって、総勢八人。場所は下北沢の「餃子の王将」で一席もうけることになった。

四時半にはバイトさんが席をとっといてくれ、五時から宴会開始。まずは生ビールとギョーザでしょ。私も一杯だけ飲んじゃおかな。

さっそくギョーザをぱくつく。やっぱり王将のはおいしい。私はこのあいだの話をした。どうしてもギョーザが食べたくなり、某高級中華料理店で注文したところ、まるっきりおいしくなかったのだ。他のフカヒレや、北京ダックは美味なのに、ギョーザときたら、皮と具ががばがばに離れていて、嚙むとちゅーと汁が飛ぶ、ギョーザの魅力である、皮と具との渾然《こんぜん》一体としたところがないのだ。

そこへいくと王将のギョーザはなんておいしいの！ まず四皿ぺろりいき、全部で十二皿。その他に料理は二十皿以上頼んだ。ビールと紹興酒もがんがんいく。

途中でミホちゃんは、なんとライスを頼むではないか。

「だって麻婆春雨には、もれなくライスがついてるんだもん」

とペロリ。なのにどうして痩せてるのか本当に不思議だ。その合い間にも、料理はどんどん運ばれてきた。バイトさん二人は、〆のラーメンもチャーハンもちゃんと完食し、他のものもみーんな残さず食べて本当にいいコたちである。

それによーく見るとかなりのイケメンではないか。一人は明治、一人は慶応なんだって。慶応のA君は、読者モデルもしていたそうで、身長が百八十五センチある。

「カノジョ、いるでしょ」

と誰かが聞いたら、いますよー、と淡々と答える。

慶応の同級生で、やはりマガジンハウスでバイトをしているそうだ。そして驚く事実が判明した。

「僕のカノジョも、カノジョの家族も、よくハヤシさんに会うそうです。本屋さんとかで」

なんと私の近所にお住まいなのだ。しかも彼女のお姉さんは、キー局のアナウンサーをしているというのである。おそらくすごい美人姉妹なのであろう。イケメンと美人、面白くもなんともない組み合わせ。だけど世の中ってこんなもんであろう。カノジョきっと痩せてんだろうな。

前の担当者ホッシーは、これから会議だというので、十人分のギョーザをお土産に包んでもらう。

さて二時間食べ続けて飲んで、いったい幾らでしょうか。二万五千円であった。みんな楽しくゲップをまき散らしながら、下北沢を歩き、電車で帰る。大盤振るまいしたという満足感にひたって私も帰路についた。社長、ありがとうございました。

美女の洪水

春に今年流行の八分丈のパンツを買った。
ちょっと素材が違った、ダブルのもあった。
「両方もらっとくわ。この形のパンツって、すごく重宝するんですもん」
この時私は、自分がすごい勢いで増量することをまだ知らなかった。
そしておととい、私はついにそのパンツをはいた。パツパツ、なんてもんじゃない。
後ろを見ると、ヒップに下着のあとがくっきり出るぐらいくい込んでいるではないか。
おまけにそのヒップが、垂れててすごくみっともない。
自分の魅力は案外自分では気づかないものであるが、ヒップは人に誉められて初めてわかる。自分ではあんまりわからないものだ。私はなんと男性から指摘された。ヒップが上にあってカッコいいというのである。

おまけにその頃、美大の服飾科の友人からモデルを頼まれた。まさか、ショーモデルではない。体型によって、スカート丈がどう違うかという、実験写真というジミなもの。しかしその時はこういうことで出たのである！

「外国人体型で腰高。ヒップの位置が高い人」

でもそれも昔の話よね。

私は再びダイエットをきちんとしようと決心した。そうとも、世間で美女と呼ばれている人も、本当に努力している。まして私レベルだと、ずるずるとみじめ坂を下るばかり……。

そんな折、ゴージャスな女性誌が届けられた。齋藤薫さんが責任監修した「超美女」という小冊子の付録がついている。中で私もコメントをしているのだ。

ひとつの質問があって、

「超美女がいるのはどういう場所？」

というのもあった。私の答え、

「パリのフォーシーズンズホテルのティールーム、あるいは空港のファーストクラスラウンジ」

を挙げている。が、私はもうひとつここに日本のある場所を挙げようではないか。

そこは、ジャーン、閉場間際の歌舞伎座である。

四月末に東銀座にある歌舞伎座がなくなるというので、たちまちチケットの争奪戦となった。いつもの電話予約じゃラチがあかない。みんなツテやコネを頼って、チケットを手に入れようと必死だ。かくして、歌舞伎座は、千秋楽が近づくにつれ、美女度がどんどん高くなった。これはどういうことかというと、やはり美人の方がお金やコネのある人と親しい。おねだりしてもかなう、ということがあるんじゃないだろうか。

そして千秋楽も終わり、四月三十日に閉場式というのが行われた。これは全歌舞伎役者が紋付袴に威儀を正し、舞台に勢揃いする。その前に人気役者さんの素踊りや、玉三郎さんの道成寺があったりするという華やかなもの。

このチケットは、もう超レアといおうか、プラチナの二乗というもの。一般の人が手に入れようとしたら、徹夜で並ばなくてはいけなかったのだ。私などとうに諦めていたのだが、持つべきものはお金持ちの友だち。彼にはさる役者さんの後援会の方から、こっそりまわってきたんだそうだ。それも昼も夜も！　それで私も、昼夜出かけた。

この時がすごかった。美人が多い、なんてもんじゃない。東京中の美女が集まってきた、という感じである。

梨園の奥さま方から、扇千景先生から、富司純子さんから、若手の三田寛子さんなどずらり。役者の奥さま方は、美人揃いで着物も素敵だから、その華やかなことといったらない。それに有名料亭の女将さんに、新橋の芸者さんたち、京都の芸妓さんらしき方々に、銀座のホステスさんもいっぱい。みんなさりげなくいい着物をお召しで、あたりをはらう美しさ。

こういう方々に混じって、女性誌でよく見かけるモデルさんらしき人も、きちんと着物で髪をアップにしている。さすがにこの日は、安っぽいリサイクルとかニューキモノの人は一人もいない。若いふつうのお嬢さんたちも、ものすごくいい着物をきちんと着こなしているのだ。その方たちが休憩のたびにロビーに出て、なごり惜しげにそぞろ歩く。一階も二階も美女、美女、美女で溢れ返っている。こんな光景は初めてだ。

「なんかキレイな人ばっかりで、どうしたのかしら」

私が言うと、友人もスゲェー、スゲェーを連発していた。

ところで私はすれ違う多くの知り合いから尋ねられた。

「ハヤシさん、どうして今日、着物じゃないの？」

はい、デブになったばっかりに、帯の模様が前にこないんです。気に入りの高い帯は刺繍の面積が少ないので、後ろに長さがとられると、前は全くの白地……なんてことは口が裂けてもいえない。デブはパンツだけじゃなく和の世界でも不利なのである。

ワタシは〃38〃の女

再び本気でダイエットに取り組んでいる私。

お酒もきっぱりと断ち、昼、夜は炭水化物カットしている。

夜なんか、おかずをほんのちょっぴりつまむだけ。例のサプリメントを飲み、体温を上げる。クリニックの先生いわく、

「ハヤシさんが痩せづらい体なのは、体温が低いからですよ」

この言葉を肝に銘じ、そりゃあ涙ぐましい努力をしているのだ。どんなに暑くても冷たいものは飲まず、熱いお茶をちびちび。夜は必ず長湯をし、中で雑誌を読んで時間をつぶす。

そうしたら、見よ、わずか三週間で四キロ痩せたのである！

この体重だって前に比べればかなり高い数字であるが、いつもの「増量中」にストップがかかったのは本当にうれしい。

さっそくテツオにメールした。

「再び美女となる私、もうデブとは呼ばせないわ」

そうしたらテツオから返事が。

「今、セリーヌがめちゃくちゃ可愛いよ。頑張ったあかつきにはプレゼントするよ」

こういう男友だちがいるのは本当にうれしい。まっ、本当に買ってくれたことはないけどさ。

ところでそうしているうちに、ファッション誌の編集者やスタイリストの人から、

「セリーヌいいよー」

という声をやたら聞くようになった。なんでもクロエをやっていたデザイナーが担当するようになったということだ。

私の体の中の「買いたい」虫が、むずむずしてくる。今は世をあげてのファストファッションブーム。このブランド大好き女の私も、ユニクロを着て得意がっていた。けれどもせっかく最新の情報は入ってくるし、お金も多少は自由になる身の上。サイ

ズだけが不自由であるが、もうそんなことは言ってられない。

いざ、旬のブランドを求めて街に出ようではないか。

たまたま仲よしの中井美穂ちゃんと一緒になり、

「このあと、ヒマだったら表参道のセリーヌ行かない?」

と誘ったところ、行く、行く、との返事。本当は二人とも少しもヒマじゃない。私はおとといメ切りを過ぎた原稿があり、美穂ちゃんも打ち合わせが二つもあったのだ。しかし私たちは、「流行りのお洋服を見る」という大きな目的のため、他のことは何ひとつ考えずにひたすら表参道に向かった。

誰でもそうだと思うが、なじみのない高級ショップに入る、というのはかなりおじけづくものだ。が、美穂ちゃんと一緒だと安心。美穂ちゃん、何かお買物してね。あたりを見渡す。私の着られそうなものはないと判断した。ミニマリズムのサファリ・ルックは着こなしがむずかしそう。しかもカーキやサンド・ベージュなど、私の苦手な色ばかりだ。

サックドレスが大好きな美穂ちゃんはいろいろ試着を始めたが、私はソファに座ったまま。が、カーキのカーゴパンツに挑戦したら、なんだかいい感じではないか。おまけにうれしいことに、サイズ38ですんなり入る。このあいだまで42でジッパーが上がらなかったというのに。

黒いブラウスに、麻のベージュを合わせたのもいける。絶対に似合わないと思っていたサファリ・ルックが、大人のクールとでもいうのでしょうか。うんと新鮮なのだ。そしてついには、コットンのライダースジャケットまでお買い上げ。うーんと高かったのだが、羽織ったとたん、まるで私のためにあるような一着だと確信したのである。

こんなにお金遣ってどうしよう……。

が、私と美穂ちゃんは帰り道、あさってのパーティのことについて相談し始めた。あるブランドが、大きなコレクションをして、その後パーティをするのだ。私はかねてよりカッコいいと思っていた男性から、

「エスコートするので、ぜひ一緒に行こう」

と誘われた。彼に恥をかかせたくないので、うんとキメていきたいところであるが、私はそのブランドのものを一着も持っていない。同じく招待されている美穂ちゃんも、やはり着たことないんだと。

「だから私、明日プレスルームに行って、一着借りるつもりですけど、マリコさんはどうしますか？」

うーん、そういうのも気がすすまないし、私は美穂ちゃんと違って、貸し出しても

らうコネもない。

「じゃ私、せめてブラウスか、スカーフでも買ってしていこうかな」

「そうですね、あそこのスカーフを、さりげなくバッグに結ぶのもカッコいいかも」

なんて話する楽しさ。ダイエットしてお金遣うと、とたんに見えてくる華やかな世界。おしゃれをして、うーんと目立つところへ行くって、女にとって最高ランクの幸せかもしれない。サイズ38になって、私は変わったのだ。

眼福ツアー

私が高知にハマっていることは、もう何度もお話ししたと思う。
「お魚もお酒もおいしくってさ、何よりも人が最高。楽しくて、お酒好きで、人をもてなすのが大好きな人たちなの」
などというようなことを話したところ、いつものワイン会の仲間が行きたーいと言い出した。
それで七人で一泊の高知旅行ということになり、私がツアーコンダクターを務めることになった。神田うのちゃんも参加ということになったので責任重大。マネージャーもつけずに一人で来るという。もしも何かあったら大変だ。次の日は日曜市に行くことになっている。

私は一緒に行く男友だちの中で、いちばんコワもての人に頼んだ。彼はすごい大男であるが、顔がちょっとかわいいかも。

「いい、絶対にサングラスして、うのちゃんの隣りにぴっちりついてよ。それで人が寄らないようにしてね」

さて当日、高知空港でうのちゃんと待ち合わせた。向こうからやってくる。目立つ、なんてもんじゃない。その時、空港のロビーの空気がさっと変わり、すべての人がそっちの方向を見つめたのだ。

世の中に綺麗な女優さんやタレントさんはいっぱいいるだろうけど、うのちゃんは特別。いつも強烈なオーラをはなっている。信じられないぐらい脚が長ーく、顔が小さい。おまけにものすごく素敵なお洋服でまとめているのだ。

まるで生きているバービー人形。見慣れている私でさえ、会うたびに「おおっ」とため息が出るぐらい可愛い。

その日の格好は、プッチの帽子にプッチの上着。それに黒いパンツを組み合わせているのであるが、本当にきまっている。先日もコレクションを見たが、プッチというのはかなり着こなしがむずかしいと思う。それなのに、この派手なプリントを、うのちゃんは自分のものにしているのだ。いや、まるでプッチはうのちゃんのためにあるみたい。

「なんて可愛いの！」

私は叫んだ。

この私ときたら、旅行はなるべく荷物を少なくしたい主義。一泊で冬だったりしたら、パンツ（下着ですね）しか持っていかないこともある。夏は替えのTシャツぐらい。

が、今回はうのちゃんもいるし、あと女性二人もいることだしと、二日分のお洋服を持っていった。

しかし私の考えはとても甘かったですわ。他の三人の女性は、夜、お食事に行く時お洋服を着替えたのだ。

うのちゃんなんか、アクセも靴もみーんな変えた。ワンショルダーのワンピースに、髪にちょこんと羽根飾りをつけ、ぐっとドレッシーに。このコーディネイトもめちゃくちゃ可愛い。

全くうのちゃんと旅行すると「眼福」という感じ。ファッション誌のグラビアをまのあたりに出来るのだ。

そんなワケで、私も夜はワンピースに着替えた。それは明日着るつもりだったのに……。

となると、替えのTシャツがないわ。まさか同じものを二回着るわけにいかないし。仕方なく私はお土産物屋へ行ってTシャツを探した。が、「龍馬Tシャツ」しかない。いちばん地味な白Tシャツを着たのであるが、背中に

「日本をもう一度洗たくするぜよ」

と染め出してある。恥ずかしい……。が、ジャケットを着てごまかそうーっと。

さてその夜もすごく楽しかった。高知は何が楽しいといって、夜のお座敷遊びだ。お座敷遊びというと、金持ちのオヤジの専用であるが、ここ高知ではそんなことはない。宴会にもふつうに芸者さんが出てきて「箸ケン」とかしてくれる。箸ケンというのは、後ろに隠した箸の数をあてるゲームであるが、大きな声で相手をおどしていくので、見ていてとても楽しい。

みんなでそのあとカラオケにも行き、気づくと時計は十二時をまわっている。

「みなさん、そろそろお開きです」

ツアコンの私は声をかけた。

「高知の夜の〆は、ギョーザとラーメンときまっています」

ということで、みんなで屋台のラーメン屋さんへ行った。驚いたことにうのちゃんは、ここでもちゃんとラーメンとギョーザを食べとても楽しそうだ。信じられない。夜中にラーメンを食べ、どうしてこんな体型を保てるのか。

そして次の日、うのちゃんが日曜市を歩くと、予想どおり大パニックとなった。ツアコンからマネージャーと化した私は、必死で自分の体でうのちゃんを隠そうとしたのであるが、頭ひとつ出てしまっている。

今日のうのちゃんは、黒いジャケットに黒いパンツと地味めなのだが、やっぱりものすごい目立ち方。なんかいいもの見せていただきました、っていう感じ。

「すんごくかわいい、すんごく細い！」

と興奮してケイタイに喋ってるおばさんもいて、龍馬Tシャツの私も一緒に見惚れてしまったのである。

合コンは蜜の味

ジャーン、合コンの季節がやってきた。

合コンにシーズンがあるのか、と問われそうであるが確かにあると思う。ひとつは年末のパーティ時期、それから生ビールがぐっとおいしくなる今頃だ。

「ハヤシさん、ご飯を食べよう」

というお誘いがやたら多い。

うちの夫などは、

「ふん、安全パイの、面白キャラで声かけられるだけじゃんか」

などと憎たらしいことを言うが、やっぱりお声がいっぱいかかるのはうれしいもの

だ。

といっても、こういうのはモテる、というのとは少し違うかもしれない。私は常日頃から、モテる、というのをこう規定している。

「お酒を二人で飲んだ後、帰りに手を握られるとか、ナンカされる、ということがあって、初めてモテるということになる」

ま、私も昔はこれにあてはまることは多少あったが、今はさっぱり。食べて飲んでそれで終わりである。しかもこういうご要望があるのだ。

「ハヤシさん、誰か一緒に連れてきてね」

もはやデイトではなく、合コン要員としてお声がかかるのであるが、私は律儀にもあれこれ考える。

他の女性もそうだと思うが、これってかなり悩ましい問題だ。私はかつて何度か煮え湯を呑まされたことがある。〝魔性系〟の女を誘ってある大人の合コンに連れていったところ、一ヶ月もたたないうちに出席した男性から電話があった。相談したいことがあるので、至急会ってくれと言うのだ。ピンときた私。やはりそうであった。彼はつき合っていた〝魔性系〟から一方的に別れを告げられ、焦りまくっていたのである。

わずか一ヶ月で、ドラマは起承転結を迎えていたのだ！

しかし〝魔性系〟は話が面白いうえに魅力的なので合コンには欠かせない。であるからして、私はどうでもいい男性が参加する会のみ声をかけるようにしている。

ところで魔性系とややかぶる女優さんやタレントさん、こういう方を連れていくとたいていの男性は狂喜するが、ノー・サンキューという人も案外多い。公務員などお堅い仕事に就いている人は、ものすごくビビる。もし一緒のところを見られたら、などと考えるらしい。

そうそう、マスコミ関係の女性も、敬遠する人はかなりいるものだ。頭がよくてすごく面白いのだが、その面白さがかえってアダになるみたい。警戒されて

「何か書かれるんじゃないか」

と余計な心配をするのだ。

最近私はカツマーこと、勝間和代さんに声をかけることが多い。彼女ならどこの合コンへ行っても男性が喜び、話が盛り上がるのだ。しかも実際のカツマーは、色っぽい美人である。お酒を飲まないのが難点であるが、その分よく喋ってくれる。

つい先日のこと、私が独身時代、うんと憧れていた人から電話がかかってきた。

「たまには会って、ご飯食べようよ」

このうれしさ、わかってくれるだろうか。やっと私のよさに気づいてくれたんだわ。美人で才媛の奥さんを貰ったと聞いたけど、やっぱり私の方が魅力的だって、あらためてよさに気づいたのね。

そうでしょう、そうでしょうとも。

おまけに彼は低い声でこう続けたではないか。

「でもやっぱり、二人きりで会うわけにはいかないよね……」

ま、セクシーな問いかけ。私は

「もちろんOKよ。いつでも大丈夫」

と答えるつもりだったのであるが、彼は即座にこう言ったのだ。

「じゃ、僕は誰かを誘うから、ハヤシさんも誘っといてね」

何か腑《ふ》におちない。そういえば私の仲よしも以前こう言ってたっけ。

「あのね、わたしのいちばん嫌いな恋愛は、グループ交際っていうやつよ」

今の私はそれに近いかもしれない。

とはいうものの、合コンはとても楽しかった。彼が時々思い出話をするのもいい感じ。

「ほら、ハヤシさん、二人であそこへ行った時のこと、憶えてない」

「そう、そう、帰りに青山のバーへ行ったのよね」

こういうナマぐさい話は、皆の前で笑いながらするからいいんですよね。なんかちょぴっと悪女な気分。しかもそこのお店の支払いをすっかりもってくださったのだ。

「そんなの、困ります。割りカンにしてください」

とお願いしたところ、

「いや、いや、このくらいは。その代わりに、次もこのメンバーで合コンするって約束してくださいね」

なんてジッと目を見つめたりして……。次の日もしっかりメールで、

「昨夜はすごく楽しかった。でも僕にあまり構ってくれなかったね」

だって、フフフ……。どう、この実力。今日びの娘っ子なんかメじゃないわい。

ところで元カレに、別の合コンの誘いをしたところ全く無視。これってどういうことでしょうか。友人は、「奥さんがメールチェックしてるのよ」と慰めてくれたが、私の心は晴れない。

悩み多き季節

梅雨もあけてないのに、強烈な夏の陽ざしが始まった。

私は夏が本当に苦手。まぁ、好きという人はいないかもしれないが、本当にキライなの。

実際に会った人でないとおわかりいただけないと思うが、私の数少ない魅力はもっちり白い肌。これを守るために、夏に私は戦い抜きます。

まずゴルフなんかとんでもない。昔はちょっとやっていたけれども、トシマになった今では、どんなに勧められてもやりません。仲間はずれになってもいい。

よくお金持ちの奥さんに多いタイプに、ゴボウマダムというのがある。年中ゴルフ

していて、筋肉りゅうりゅう、真黒け、そして冬でもノースリーブを着ている。自分がものすごく若く見えると思ってるらしく、ミニスカートでキメたりするのであるが、シミが日灼けで隠れてるだけだ。

やっぱり女は、色白ぽっちゃりの方が、トシマになってからはモテる（はず！）。

そんなわけで、私はゴルフは絶対やらず、冬のあいだに蓄えた稼ぎで何をするかというと、タクシーをじゃんじゃん使うのである。

ふだん私は、美容と健康のためにJRと地下鉄を駆使していて、たいていのところは電車で行く。しかし夏はそうはいかない。外出には東京無線を呼び出し、家からすぐに車に乗る。

しかし困ったことがひとつある。そう、うちの犬は、散歩が大好きなのだ。ちょっとサボると、家の中にウンチやおシッコをする。というわけで、私は早朝、犬を連れて公園や近所を歩くのであるが、時々は寝坊をすることだってある。

「今日は散歩、勘弁してくださいよ。お願いしますよー」

と犬を見るのだが、全く無視。早く連れてってくれよとばかり、キャンキャン吠える。仕方なく私は出かける。装備をちゃんとして。

まずUVカットのハットに手袋、こういうものは通販で買った。そしてサングラスも忘れずに。どうせなら日傘をさしたいところであるが、犬のリードを持っていると両手がふさがってしまう。

さて四日前のことである。

みなさんそうだと思うが、私は東急ハンズの、美容・健康フロアというところが大好き。あそこに行くと、つい二時間ぐらいたってしまうのだ。

その日も折りたためるUVカットの帽子を買った。今までのものはおばさんっぽいデザインで、何か好きになれなかったからである。

そしてカカトがすべすべする絹のサポーターというやつも購入。私はかねてより「美はディティールに宿る」と思っている。たとえ男の人とそーゆーことをしない時期があったとしても、カカトはいつもすべすべにしておかなければならない。

ところが夏は冷房のためか、あるいはサンダルで酷使するためか、カカトがひび割れている人が案外多い。前の方は綺麗にペディキュアしていても、後ろがちょっと……という人はいっぱい目にする。

かく言う私も、どうもカカトに筋が入りやすい。夜、眠る前にベッドの上でクリームをたっぷりつけマッサージをしているのだが、二～三日お休みするとついかさついてしまう。が、この絹のサポーターを夜カカトにひっかけて眠ると、朝にはつるつるになるというではないか。

さっそくそれを購入し、シューズのコーナーを眺めると、面白そうな靴やサンダルがいっぱい。中でも私の目をひいたのは、

「美脚も夢じゃない」

というキャッチフレーズのサンダル。これを履くと、足の裏からの刺激が全体にひろまり、キュッと締まるんだそうだ。そしてカカトから踏み出すと、ヒップアップにも効果ありと箱には書いてある。

私はあまりにも熱心に、積んである箱の説明文を読んでいたら、ついうっかり、箱についている防犯タグを動かしたらしい。店内に響きわたる、あのブザー音。さっそく店員さんがとんできた。ああ、恥ずかしい。

そんなわけでその美脚サンダルお買上げ、七千九百八十円はちょっと高いが、これで美しい脚とヒップがつくれるなら安いものだ。

私はつい最近も「歩いているだけで痩せる」というマサイの靴を買ったのであるが、これは履くのにきちんとベルトを締めるのに、ちょっぴり時間がかかる。革製なのも暑いかも。

そんなわけで私はこの美脚サンダルばかり履くようになった。新しい美容グッズを

買った後は、毎日でも使いたいのが女心。

そんなわけで、私はここのところものすごく歩く。朝も夕方も、愛犬がヘトヘトになるぐらい歩くようになった。

これとは別に、バーゲンが始まり、たくさんの靴を買った。おしゃれなブランドのサンダル靴は、試す時は確かにＯＫなのに、実際に履くと一時間でキツくなる。幅広、甲高の足が呪わしい。ここのとこ、お出かけにも美脚サンダルを履いていこうかとさえ思っているのだ。

標準体でいい

私はご存知のように、二週間に一回、某クリニックに通っている。

ここで体調をチェックし、医師からいろんなアドバイスを受け、サプリメントを調合してもらう。コワくなるぐらい効果は早い。二ヶ月ぐらいで、すとんと十二キロ痩せたことは、もうお話ししたと思う。私を見て、私のまわりの人たちも、我も、我もと行き始めた。

ここははっきり言って、すごくお金がかかるが、私の知人はお金持ちで大人なのでみんな通っている。そしてすぐにみんな痩せて〝卒業〟となる。

医師から、

「もうあなたは、ここに来る必要はないんですよ」

というお墨つきを貰うのだ。

しかし私は、一年たってもたらたら通っている。そう、私の〝デブ気質〟というのは、長い間に体にしみついているんだワ……。

ここのところ、高知の方からつづけざまに、「芋チップ」とか「芋けんぴ」が送られてくる。これは私の大好物。さつま芋を油で揚げたものだ。

クリニックの医師は言う。

「朝だけは炭水化物を摂ってOK。だけどそれは白米にしてください。それから油を絶対に摂らないように」

炭水化物と油を一緒に摂るというのは、ダイエット上いちばんよくないことだそうだ。最悪の食べ物は、焼きソバ、お好み焼きという。ま、私はこの二つはそう好物というわけではないけど、ドーナツ、サーターアンダギーなんかには目がない。つまり炭水化物プラス油に、うーんと糖分が加わるという、最悪の上にもっと悪が重なるもの。

しかし芋チップとか芋けんぴは本当においしい。

「朝は、比較的ゆるくてもいい。甘いものも大丈夫」

という言葉を拡大解釈して、私はこれをポリポリ半袋ぐらい食べてる。ついでに貰いもののクッキーも。

そして夜もお鮨を食べ、デザートを食べることも続いた日、クリニックに向かう。

ここに行ってまずすることは、看護師さんの前で体重計の上に乗ること。これはものすごいプレッシャーだ。そして、な、なんと三キロ増えていた。

こういうのは体脂肪やいろんな数値と共に表となり、つきつけられる。みんなこれがイヤなために痩せることに努力してるのだ。そしてたるんだ私に強ーい一撃が。私は今までぎりぎりのところで「標準体」というところに○があった。ところが今回三キロ増で、「やや肥満」に○が移動してしまったのである。

さすがの私も泣きました。これから朝食も気をつけると共に、少し体を引き締めることを決意した。なぜなら二の腕がたぷんたぷんしてきて、とてもノースリーブが着られなくなってしまったからである。

そんなワケで四ヶ月ぶりに、加圧トレーニングジムへ出かけた。この時、クリニックの医師の言葉をまた噛みしめる私。

「ハヤシさん、痩せるのは実はカンタンなんですよ。いくらでも落としてあげますよ。本当のダイエットというのはね、痩せたその日から始まってるんです。維持するっていうのがダイエットなんですから」

そう、ヒトのことは言えませんが、一時期うんと痩せてダイエット本を出したタレントさんが、今はものすごくリバウンドしてテレビに出てるではないか。

あれってかなり恥ずかしいと思う。私はどうせリバウンドするのがわかっているので、絶対にダイエット本は書かないけど。

「ハヤシさん、これから心を入れ替えて、週に二回は来てね。本格的な夏が来る前に、二の腕を何とかしましょう」

とトレーナーの方と約束して、一時間みっちりトレーニング。有酸素運動も三十分もしてもうクタクタ。

しかしトレーナーさんも言った。

「ハヤシさん、以前と比べて脚が細くなりましたねー」

うっふふ。それは自分でも気づいていた。出来るだけヒールの靴を履いてるし、ふだんも美脚サンダルで近所の坂を上るようにしている。こういう努力が実を結び始めているのだ。

ところで私、ずっとプラットフォームシューズに憧れていた。そう、今年（二〇一〇年）大流行の、甲にベルトがあり、足首までおおわれていて、ヒールがものすごく高いやつ。

このあいだ対談があり、相手の方のスタイリストさんが持ってきた靴がこのプラットフォームシューズだったワケ。その時は入った。ゆえに色違いで二足買った。ところがリバウンドした今、どんなことをしても指がベルトからはみ出してしまうではないか。小指が一本どうしても余計なんだ。

小指はみ出してサンダル履くって、やっぱりヘンですよね。そんなわけでもう一度痩せるまで、この靴はクローゼット行きとなる。こんなことをしている間に、流行が終わるのはいつものこと。

デブっておしゃれも高くつくのだ。ああ早く〝卒業〟したいなぁ……。

本書は、２０１２年５月に小社より刊行された単行本を文庫化したものです。

マガジンハウス文庫

美女《びじょ》の七光《ななひか》り

2015年2月26日　第1刷発行

著者　林《はやし》　真理子《まりこ》

発行者　石﨑　孟

発行所　株式会社マガジンハウス
〒104-8003　東京都中央区銀座3-13-10
電話　受注センター　049-275-1811
書籍編集部　03-3545-7030

印刷・製本所　中央精版印刷株式会社

本文デザイン　鈴木成一デザイン室

文庫フォーマット　細山田デザイン事務所

マガジンハウス　ホームページ http://magazineworld.jp/

ISBN978-4-8387-7096-0 C0195